意林文库本
006

海盗女王来袭（下）

追月逐花 著

吉林出版集团 | 吉林摄影出版社
· 长春 ·

图书在版编目（CIP）数据

海盗女王来袭．下 / 追月逐花著．-- 长春：吉林摄影出版社，2012.10

ISBN 978-7-5498-1395-7

I. ①海… II. ①追… III. ①长篇小说－中国－当代 IV. ① I247.5

中国版本图书馆 CIP 数据核字 (2012) 第 232471 号

海盗女王来袭（下）

HaiDao NüWang LaiXi (Xia)

著　　者	追月逐花
出 版 人	孙洪军
顾　　问	杜　务
主　　编	张　弘
责任编辑	张　弘　尹成佳　李双双
图书统筹	汤　曼
绘　　图	黄梦婕
书籍装帧	胡静梅
美术编辑	王彩虹
开　　本	787mm × 1092mm　1/32
字　　数	108 千字
印　　张	6
版　　次	2012 年 10 月第 1 版
印　　次	2012 年 10 月第 1 次印刷

出　　版	吉林出版集团 吉林摄影出版社
发　　行	吉林摄影出版社
地　　址	长春市泰来街 1825 号 邮编：130062
电　　话	总编办：0431-86012616 发行科：0431-86012602
网　　址	www.jlsycbs.cn
经　　销	全国各地新华书店
印　　刷	北京天宇万达印刷有限公司

书　　号　ISBN 978-7-5498-1395-7　　　定　　价：18.90 元

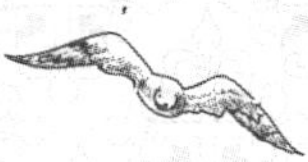

[目 录]
CONTENTS

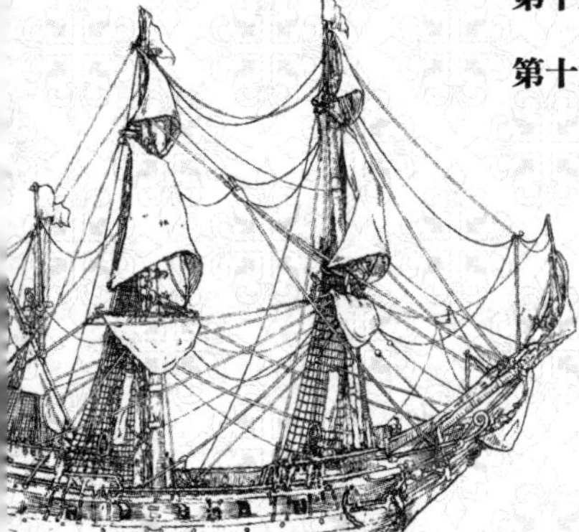

第十章

养巨龟的“女孩”

约翰和魏清虽然不想再坐到那怪物般的海龟背上，但既然有海龟的主人陪着他们，胆子自然也壮些。再说这也是他们唯一能找到同伴的方法。他们向女子道了谢，跟着她爬上龟盖。女子一甩铁链，那海龟便转身退进了海里。

魏清忽然打了个寒战。约翰发现她直勾勾地盯着谷口，也朝谷口看去，顿时也浑身发愣。只见海里浪涛纷涌，似乎有一个庞然大物游了过来。这个东西长头圆盖，赫然是一头巨龟，似乎比他们之前遇到的巨龟还要大一些。转眼间巨龟便游到了海边，顺着海岸爬了上来，睁着一对巨灯般的眼睛，朝约翰和魏清看了过来。

约翰和魏清吓得忘记了呼吸，不由自主地闭上了眼睛，就等巨龟张嘴来咬。然而他们等了许久都没有等来巨龟的牙齿，只是听到一个人“咦”一声。他们战战兢兢地睁开眼一看，顿时“啊”的一声惊叫了出来。只见一只巨龟矮山般地趴在他们面前——这是他们已经猜到的，奇就奇在巨龟的头上赫然戴着一个辔头，一个人站在巨龟的背上，手里牵着两条铁链，分别连着辔头的两边。这个人长发披肩，似乎是个女子，身形也和一般人一样大。魏清和约翰都没想到巨龟的主人会是这样的人，全都长大了嘴巴，半晌说不出话。

“你们怎么了？”那个女子从龟背上滑下来，走到他们面前。她长着一副东方人面孔，说的也是汉语，“怎么被绑在这里？”说着便用随身携带的匕首割断他们身上的绳索。

“一言难尽啊。”魏清揉着被绑疼的手腕，苦笑着把前因后果都讲了一遍，“最后我们就被绑在了这里，作为他们献给神龟的祭品。”

“神龟？哈哈，”那女子朝巨龟瞥了一眼，哈哈大笑起来，“它就是只海龟，只是长得大一点儿而已。它还有一个丈夫，几个孩子，都是我家饲养的宠物。不过这些人自己把它当成神物，还帮我喂他们，这便宜我当然得占了！”

约翰和魏清相视苦笑。好大的口气，竟然把这些巨龟说成宠物。她到底是什么人啊？看起来也不像有什么特别的本领啊？

“你们不要留在这里了。”女子朝土著村子的方向看了看，“他们都比较愚蠢，我经常也弄不懂他们的心思。如果你们留在这里，还会被他们当成祭品的。这样吧，我带你们去我的岛上吧！你们在那里休息一会儿，之后我让龟儿载着你们去找你们的伙伴！”

约翰和魏清虽然不想再坐到那怪物般的海龟背上，但既然有海龟的主人陪着他们，胆子自然也壮些。再说这也是他们唯一能找到同伴的方法。他们向女子道了谢，跟着她爬上龟盖。女子一甩铁链，那海龟便转身退进了海里。

那海龟进了海里后便展开肉蹼，游得飞快。约翰和魏清从这女子的口中得知，她叫小奕，她父亲是深入大洋淘金的商人。当年他听说这片妖异之海里有金山银山，便变卖了家产，带着家眷，破釜沉舟地来这里寻找。然而他们找了很久，都没有找到金山银山。父亲很郁闷，觉得没脸回去，天天驾船在海上乱转。就在这时，他们遇到了巨型海龟中的海龟妈妈。当时海龟妈妈还没这么大，因为头上扎了一根断木，伤口已经腐烂化脓，奄奄一息地在海上漂浮。他们一开始觉得很害怕，但见这海龟可怜，便帮它拔去断木，敷上草药。海龟的疮口极大，他们用尽了所有的草药才勉强给它处理好伤口。海龟妈妈很有灵性，为了报答他们，把他们引到一个风景优美、物产丰饶的海岛上。小奕一家因故乡家财已经卖尽，回去也没有意义，便在岛上住了下来。

那海龟不久又引来一只雄性巨龟——就是海龟爸爸到这个岛来栖息，事实上成了他们家庭的一部分。后来海龟妈妈又生下几只小海龟，小奕一家便和这窝海龟生活在一起。后来小奕的爸爸妈妈死了，小奕便和这窝海龟相依为命，整日驾着它们在海上游逛，倒也逍遥自在。听到这里后，魏清非常惊诧，问她道：“你一个人在海上就不寂寞吗？从没有想过回家乡？”

“我已经习惯了。”小奕微微一笑，目光真诚，不似作伪。

“习惯了那也不成啊。你一个人在海上，连个说话的人也没有，日后怎么成家啊？”因为自己正处在爱情里，魏清对别人成家的问题也很关心。

“这你不用担心，”小奕骄傲地一笑，脸上浮起一层红晕，“我已经有了要等的人了。他正在远方探险，不久后就会回来找我。”

“哦，那就好。”魏清笑了笑，不经意地把目光放到小奕手中的铁链上。这不看不要紧，一看她就心生疑窦：这个铁链已经锈得特别厉害，似乎已经经过了几百年的岁月。就算它天天泡在海水里，也不至于锈成这样。按小奕的话说，她8岁时才和巨龟们相遇，给他们戴上笼头一定是更晚的事情，那这个铁链顶多只被使用了十余年，怎么会老旧成这个样子？难道她一开始用的就是年代久远的铁链？

之后小奕便不住地夸她的郎君英俊潇洒，是个思想浪漫和具有冒险精神的海航家。魏清知道恋爱中的少女夸自己喜欢的男人的时候都会言过其实，因此也没怎么在意。想起自己怀里的那个石人，便把它拿出来把玩。小奕的说话声戛然而止，冷冷地笑了笑：“看来你们也是寻宝的人啊，了不起！已经拿到第三把钥匙了！”

约翰和魏清都是一惊。小奕的表情忽然变得非常奇怪，似笑非笑的，目光似乎很亲切，却又有着逼人的寒意。魏清想起装着石人的盒子嵌在她家海龟的背上，她知道这个“钥匙”的存在也不奇怪，只是她为什么要为海盗王保管钥匙？她和海盗王有什么关系？

小奕看出她在想什么，淡淡地一笑：“这个钥匙就是我等的人留下来的。我认为他有朝一日一定会回来找这个钥匙，所以就一直保存着它。”

这句话说得很轻，但在约翰和魏清的耳中却简直如炸雷轰响：她是海盗王的恋人？她怎么可能是海盗王的恋人？海盗王的传说已经流传了几百年，她要是海盗王同时代的人，就应该几百岁了，怎么还会拥有少女的容颜？她是在说谎吗？但谁会说这种谎？难道她是疯子？但看她神志清明、神采奕奕，也不像疯子。

魏清和约翰惊得目瞪口呆。小奕见他们如此，只是微微一笑，转头看向远处的海面。他们盯着她仔细打量，见她发黑如墨，面白如脂，脸上一点儿皱纹都没有，看起来的确只有二十岁左右。

“你觉得她说的是实话吗？”魏清压低声音问约翰。

“我也觉得她像是在胡说八道，但不知为什么就觉得她说的是实话。”

是的，小奕似乎有这么一种魔力，能让人相信她说的是实话。

“我倒是听人说过，大海好像有种魔力。人要是长时间迷失在海上，就会慢慢地忘记时间，时间也不会在他的身上留下痕迹。”约翰偷看着小奕，犹豫着对魏清说。这种说法他刚听说时也觉得是信口胡言，此时却有几分相信了。

“哪会这么神奇啊。要是这么说的话，那些在海上漂流的人就不会饿死了。我觉得她肯定是找到了什么驻颜和延寿的仙药。”说到这里，魏清热血沸腾了，下意识地捏紧了拳头。冒险寻宝历来是探险者最大的追求。如果能找到驻颜和延寿的仙药，也能给她的人生添上浓墨重彩的一笔。

小奕把他们带到了她居住的岛屿，果然是一个物产丰饶的地方。果树上果实累累，森林里鸟兽繁多。小奕在半山腰有座石头做的院落，一共三间房。小奕把其中两间让给魏清和约翰住，那巨龟则趴在海岸上。

小奕从森林里找了些鲜果，从海里钓了几尾鱼，烹饪好了，拿来同约翰、魏清一起吃。吃了几块鱼之后，魏清终于鼓起勇气问她。“您说您是海盗王的恋人，可现在距离海盗王的时代已经好几百年了。您是怎么活到现在的呢？”说到这里，魏清忽然想起小奕之前曾说过海盗王在远方探险，不日便会回来跟她团聚，不由得悚然心惊：难道海盗王也有长生不老的秘法，至今还在海上探险吗？那他叫后人寻找他的宝藏是何用意？难道是想看看什么人能通过自己设下的重重关卡，拿到宝藏？这个寻宝活动不会是个骗局吧？

“我找到了一种药，可以让我老得慢一些。”小奕淡淡地说。

“是什么药啊？”魏清试探着问道。

小奕没有回答，只是不可名状地一笑。魏清便不敢再问。他们吃完后，小奕收拾了碗盘，到岛中山溪边去洗刷。魏清从窗户里看着她走远，然后便往门边溜。

“你要去她房间调查吗？”约翰赶紧跟上她。

“聪明。”魏清嘻嘻一笑。

“如果能找到药，要偷她的吗？”

“嘿嘿，按理说是不应该偷啦。她毕竟对我们有恩，不过我们是海盗。”

约翰弄不清魏清的意思是偷还是不偷，苦笑一声跟她来到了小奕的房间。小奕的房间陈设极为简陋，只有一个石床，一个石桌，石桌上面放着一个盒子，旁边放着一个海螺。

“哎呀，好香啊！”魏清还没走近，就闻到海螺里香气扑鼻。他们走近一看，发现海螺里有一层淡淡的红脂，香得令人窒息。

“难道这就是那神奇的长生不老药？”魏清拿起海螺，掂量了一下，满脸的怀疑，“她会把这么珍贵的东西随随便便放在外面？”

约翰朝海螺里看了看，摇了摇头。这红脂的香味十分奇异，令他们两个人都忍不住想把这红脂一口吃了。魏清心知有异，斜眼瞥见旁边有一只蝴蝶飞来，就用指甲挑了些红脂，让蝴蝶叮了一下。蝴蝶叮过红脂后又在空中飞舞了一会儿，忽然倒栽葱似的坠了下来，掉在桌上，竟然死了。

约翰和魏清吓了一跳。两个人呆呆地对望一眼，心里都有了个可怕的猜测：她为什么要在房间里准备毒药？难道是想毒死他们？那刚才的食物呢？里面是不是有毒？

一想到这里，约翰和魏清条件反射般想把刚才吃的东西吐出来。但因为过于紧张，反而怎么吐都吐不出来。

“别慌！”约翰先冷静了下来，“这毒药毒性这么大，如果我们吃了它，恐怕早就死了。而且这毒药这么香，放到菜里肯定会被觉察，可我们刚才并没有觉得菜里有异味啊。”

一听这话魏清也冷静了下来。她看着海螺，深深地皱起了眉头：“那她准备这些毒药做什么？”

就在这时，门外忽然响起了脚步声。约翰和魏清赶紧躲到了床底下。小奕推开门走了进来，捧起海螺看了看。她把海螺放到鼻边嗅了嗅，轻轻皱了皱眉头，转身朝门外走去。魏清和约翰偷偷地跟在她后面，发现她走进了一个大山洞。山洞里非常黑，地面还凹凸不平，她却不打火把便走了进去，还走得飞快，显然对这个山洞非常熟悉。魏清和约翰怕被她发现，找了根树枝点燃，只敢远远地跟着她，很快便和她拉开了距离。山洞里到处都是湿滑的植物，还飘着一股隐隐的异香，越到里面越浓郁。约翰和魏清仔细地嗅了嗅，发现这味道和那红脂的味道既有相似之处又有不同之处。又走了一会儿，两个人的前方和后方都是比墨汁还浓的黑暗，只有手中的树枝还闪烁着一点儿微光，感觉就像卡在了黑暗里一样，非常难受。“我们还是出去吧。”约翰最先受不了，不知是不是心理作用，他觉得这黑暗似乎是有形的，沉甸甸地压在他的身上。

“好吧。”魏清也受不了了。她的感觉比约翰敏锐些，发现身体的不适似乎是黑暗以外的东西引起的。

两个人摇摇晃晃地走出山洞，滚倒在草地上，用手指抠住泥地，大口地喘着粗气。他们喘了一会儿，发现身上的压迫感仍未消失，顿时骇然。

“我……我明白了。”魏清感到眼前直冒金星，“是那个……那个味道……让我们的身体……麻痹了……”她指尖的知觉已经减退，全身木木的，很不舒服，胸中更是烦恶欲呕。

“天哪，是啊。”约翰用力地推挤着胸口，“这种味道和那种毒药的味道相似，应该是制作那种毒药的原料发出来的。那味道之所以这么浓，里面一定有很多……天哪，我们中毒了吗？”

魏清只觉得胸中烦恶至极，张口便吐，却什么都没吐出来。她对解毒也不在行，只知道中毒之后应该多喝水，便对约翰说：“我们……我们去找点水喝，也许能解毒。”

两个人相互搀扶着，步履蹒跚地去找水。他们走了一段，听到远处似乎有水声，赶紧朝那个地方冲过去，不小心掉进了一个大洞里，重重地撞到一堆东西上。

“天哪，是木头吗？”魏清感到这东西又硬又粗糙，还有一条一条的纹理，应该是木头。

“也许是吧。”约翰摸了摸木头的表面，忽然摸到了五官般的东西，失声道，“怎么像是脸？这不是木头！”

两人赶紧躲开数步，借着天光往那堆东西的方向一看，顿时吓得惊叫出来。这堆东西是一堆干尸！全部缩得只有正常人的一半大小，焦黄僵硬像是木头，身上还有一条条的纹路——大概是肌肉萎缩所致。

约翰和魏清对视了一眼，都出现了一个非常可怕的想法。从这个尸体萎缩的样子来看，一定是被抽干了精华，活像炼药剩下来的废料。很多传说中都提到过，说长生不死药不牺牲人命是做不出来的。那小奕说不定就是个妖人，用人来提炼长生不死药！她把他们接到这里，说不定就是想用他们炼药！那他们现在还留在这里干什么，赶紧逃吧！

魏清和约翰手足并用地爬出山洞，踉踉跄跄地朝山里逃去。他们没船，根本没法逃出海岛，只有逃进深山，躲得一时是一时。两个人跑了一阵，发现了一条小溪，赶紧伏到溪边喝水。两个人喝得肚里饱胀如鼓，胸中的烦恶之感才稍稍减退。就在他们准备从溪边站起来的时候，忽然看到不远处有一截白裙，顿时眼冒金星，昏倒在地——糟了，小奕还是追来了！

不知过了多久，魏清才醒过来。她刚睁开眼便想起那些干尸，赶紧检查自己的身体有没有异状。还好，她的身体依然温软而富有弹性，并没有丝毫的异常。她狐疑着从床上爬起来，发现自己正在小奕给她住的石屋里，约翰却不在。难道约翰已经惨遭毒手？魏清赶紧走出门，却发现约翰从对面的石屋里走了出来。魏清打手势问约翰小奕在哪里，约翰仔细听了听，打手势告诉她小奕就在她自己的屋子里，似乎在捣药。

他们凑到门缝上看了看，发现小奕正在把海螺和一种鲜红的果子混在一起捣碎，再放到锅里去蒸。这个果子不知是什么品种，鲜红如血，味道和他们在石洞里闻到的差不多。约翰和魏清认定小奕是在做药毒，他们赶紧蹑手蹑脚地逃跑了。

然而他们没跑多远，小奕就发现了，朝他们追了过来：“你们刚醒，要到哪里去？”

两个人没有答话，咬紧牙狂奔。忽然眼前一花，小奕已经挡在他们面前，身法极快，犹如鬼魅。魏清和约翰面如死灰，踉踉跄跄地后退了几步。

“你在做毒药害我们吧？把我们毒死之后，再去做你的长生不老药？”魏清厉声问小奕，同时把目光射向她的手指。小奕的手指上有几道做药时沾上的药膏，通红通红的。

小奕看了看自己的手指，忽然“扑哧”一声笑了出来：“你说这个啊。这个的确是剧毒的东西，不过不是给你们吃的。”

“那是给谁吃的？”

“那是给我自己吃的！”小奕似笑非笑地说。她的表情很奇怪，乍一看亲切温和，仔细一看却透着逼人的寒气。

“你就胡扯吧！”魏清和约翰齐声大吼了起来。

小奕笑了笑，也不争辩，把那几抹药膏送入口中。片刻之内她的脸忽然变得僵木无比，浑身的血管忽然变得清晰可见，像层蓝紫色的网一样嵌在她白皙的肌肤里。小奕闷闷地咳了几声，慢慢地向下瘫去，似乎马上就要中毒而死。但就在她快要瘫倒在地的时候，脸上的紫网忽然开始变淡，片刻之后便消失不见，又过了一会儿，她又笑吟吟地站直了身子。

“你干吗吃这毒药？”魏清用颤抖的声音问她。

小奕淡淡一笑：“如果我不吃这毒药，我怎么可以老得这么慢？”

“你说什么？”约翰和魏清失声惊呼。

小奕没有正面回答他们，从左边衣袋里摸出一把果子，从右边衣袋里摸出一只海螺，自言自语般地说：“这红果子可以让人浑身麻痹而死，即使只是气味，也可以让人身体不适，甚至昏迷。你们刚才一定去它生长的洞穴偷看了吧，否则不会吸入这么多的气味。而这海螺，也有麻痹人神经的作用。我把这两种东西混合起来，就可以最大限度地麻醉我的身体，减缓我变老的速度。”

“你这样会死的！”魏清和约翰都感到毛骨悚然，说话的时候不由自主地牙齿打架。

“哈哈，”小奕放声大笑，“不吃这种东西，我顶多只能活几十年。吃了这种东西，我却活了几百年。你说我是吃好，还是不吃好？”

约翰和魏清已经惊得说不出话来了。

“当然，这种东西不是人人都能吃的。要是其他人吃了这种果子，就会全身僵木，接着肌肉收缩，变得像焦木一般。”

“这么说那个大洞里的人是……”魏清忽然想起那一洞的干尸。

“你们见到那个大洞了？怪不得玩命地想跑呢。”小奕撇了撇嘴，“那是误食那种果子的客商，全都死在果子生长的那个洞里，弄脏我采药的地方。我怕他们的尸气会污染这些果子，才把他们搬出来放到大洞里的！”

说到这里，小奕的眼中忽然涌起了泪光："我的爹娘也是因为误食这种果子而死的！当然，当初我也吃了，不知是不是我的体质特殊，我吃了它之后没有死，昏迷了十天之后又活了过来，之后就发现我成长的速度大大减缓。既然它能延缓我变老的速度，我当然要好好地吃。之后我又发现把它和海螺混起来吃更有奇效，便把它们加工成药膏，一起吃下去！"

"就算你不想变老，也不能吃毒药啊。"听了她的话之后，魏清越发觉得她的想法匪夷所思，"其实你这是在慢慢地毒害自己，"说到这里魏清忽然恍然大悟，"你是为了等海盗王吗？"

"是啊。"小奕的表情忽然变得非常甜蜜而温柔，痴痴地看向远处的海面，"他答应过我，一定会回来的！在他回来的时候，我一定要像他离开时一样漂亮！"

约翰和魏清心想这海盗王肯定无缘吃到这种能延缓衰老的毒药，现在绝对已死。他到死都没有回来找她，一定是把她抛弃了。魏清小心翼翼地对小奕说："可是，前辈，他不一定能像您这样长生不老啊，他到现在都没有出现，说不定已经……"

"不，他一定会回来的！"小奕忽然激动起来，"他答应过我的！"说到这里忽然眼圈一红，"我必须要等他，因为全是我的错！"

约翰和魏清又是一惊。

小奕看着远处的海面，眼泪涔涔而下："都怪我疑神疑鬼，有一次他带我出海寻宝，遇上了另一个来寻宝的女探险家。他们很佩服对方的本事，因此惺惺相惜。现在想来，只是惺惺相惜吧。可我当时却认为他们有私情，暗地里找他吵闹。他觉得我疑心病重，也很生气，又因为要面子，不愿向我解释。我和他就因为这个有了隔膜，到我们和那个女航海家分手后一年也是这样。他受不了这种钝刀子割肉的痛苦，就对我说他要去找那个女航海家，让她亲口告诉我他们之间没有私情，之后便走了。我相信他一定会回来的！我要一直等下去！"

约翰和魏清都感到非常震撼，久久地说不出话来。之后在海盗王身上发生的事情不得而知，但发生在小奕身上的事却着实令人心悸。原来情人间的不坦白竟能引发这么惊天动地的事情。魏清不由自主地想到了自己和铭泰，不由得悚然心惊。

小奕用巨龟载着魏清和约翰，找到了他们的船。舵手乍一看到这么大的龟，立即转舵想跑，后来看到约翰和魏清在龟背上摇臂大呼的时候才犹豫着开船靠过来。铭泰听说魏清和约翰回来了，他立即冲上船板，看到他们坐在巨龟背上的时候顿时目瞪口呆。

魏清叫水手把缆绳扔在龟背上，和约翰一起顺着缆绳爬上了船。他们一上船铭泰就迎了上来，急切地问他们："你们怎么回来的？那个女人又是谁？这只龟是带你们走的那只吗？这个女人怎么能把这只龟当坐骑？她有什么妖法？”

“这个一言难尽啦。”魏清苦笑了一下，“你能让我休息一下再说吗？”她现在的情绪十分低落，甚至可以用压抑来形容。她刚刚见到铭泰的时候，那份欣喜自然是无法言表，但很快便想到了他们之间的问题，心情就像被绑了块石头一样坠了下去。

“噢。”铭泰低低地应了一声。他也看出魏清心情有异，下意识地朝约翰看了一眼。

“你没有驾船逃走吗？”约翰朝他嘻嘻一笑。

“你把我想得也太坏了吧？”铭泰怒了。

约翰冷笑一声，看向别处。小奕见他们安全上船后便挥手和他们告别，驾着海龟离去了。魏清看着她慢慢远去，缓缓地把她的事情告诉大家，大家尽皆骇异。魏清在船舱里休息了一会儿，又拿过藏宝图来，看看他们下一站该去哪里。藏宝图还好好地放在船长室里，船长室里其他的东西也没有被动过。就这些事情来看，铭泰并没有取代她的意思。魏清感到非常欣慰，觉得藏宝图都比以前干净亮白了。

下一站依旧是个荒岛。它上面没有“钥匙”的图案，却画了一个蘑菇。魏清觉得很奇怪，便把这点记在了心里。

他们很快便登上了这座岛屿。岛屿上鸟语花香，果实累累，是个非常繁茂的地方。大家便打算在这里多歇息一些时日。脚不沾地的生活最折磨人，天天吃干粮咸肉也腻死了。有个美丽的岛屿休息，有鲜美的野果和野菜吃，对他们来说已经是极大的享受了。

这岛上除了有很多野菜鲜果外，还有很多蘑菇。这些蘑菇全是灰白色，不像有毒；一个个肥大饱满，还有一股清香，非常诱人。魏清想起图上的蘑菇图案，心想海盗王是说这里盛产蘑菇，可以让大家大快朵颐吧，便叫大家采了很多蘑菇，用铁锅煮来吃。蘑菇煮熟后清香逼人，仅仅是加了些盐就鲜美无比，大家全都吃得腹胀如鼓，还打算采些蘑菇带到船上去吃。

大家吃饱后便坐下休息，魏清为了保持身材，便在岛上游逛，以促消化。她在树林里穿行而过，不小心踩到了一个硬硬的东西。

是一个手掌大小的海螺，五彩斑斓，在阳光下甚是艳丽。魏清把它拾起来，仔细观看，发现它上面有一个人工打制的小孔，上面还连着一截线绳，似乎是什么人挂在脖子上的饰物。这里有人来过吗？那他们人呢？

“你有什么愿望吗？”一个女人的声音忽然响起，把魏清吓了一跳。这个声音柔媚清雅，极富穿透力，不是她认识的任何一人。魏清惊慌地朝四周打量，却发现四周空无一人。她暗叫奇怪，转过头来，却猛地发现她面前站着一人。

“啊！”魏清惊叫了一声，猛地倒退了一步。站在她面前的是个身穿白衣的美丽少女，长发披肩，身上似乎能发出光来。魏清觉得她应该是仙女——说来也奇怪，魏清根本不知道仙女长什么样，但第一眼看到这女子的时候，脑子里就出现了“仙女”这个词。

“你有什么愿望吗？”女子又重复了一遍。如珠似玉的牙齿从微笑的唇间露出来，使她的脸庞显得更加迷人。

“你干吗问我的愿望？你是谁？”魏清又倒退了一步，伸手按住腰间的匕首——说来也奇怪，她虽然做出了战备姿态，但心里却提不起丁点儿对这女子的敌意。

“我是圆梦的女神，来帮你圆梦的。”女子微笑着说，表情更加和蔼可亲。

魏清一怔。那女子盯着她看了看，微笑着说：“哎呀，我明白了。你的愿望就是和亲人团聚，和自己心爱的人结为夫妻，再找到海盗王的宝藏，并成为下一代海盗王。我说得对吗？”

“你怎么知道？”魏清失声道，想起和“心爱的人结为夫妻这句话”，又不由自主地脸现红晕。

那女子笑而不答，伸手在空中画了几下。魏清的眼前立即出现了一个闪着金光的人门。

“你走进那扇大门里吧。”那女子的声音绵细，柔柔地飘进魏清的耳朵，“走进去之后你就能得到你想要的一切了。”

虽然觉得那扇门有些古怪，魏清还是不由自主地朝那扇门走去。她走到门前，感到门缝里有股阴风“咝咝”地往外吹，又不由自主地倒退了一步。

“快进去呀。”那女子重复了一遍，声音更加绵柔。

魏清的脑中顿时变得一片空白，伸手便推开了那扇大门。大门里有股刺眼的光倾泻出来，转眼就把魏清吞没了。魏清一惊，正要抬手揉眼，忽然发现自己正站在一个非常华丽的房间里，刚才那刺眼的异光已经不见了。

“哎呀，丫头，你到哪里去玩了？爹有事找你！”

一听这声音魏清的眼泪就夺眶而出，这是父亲的声音啊！的的确确是魏天华的声音！

她擦了擦眼泪，抬头果然发现魏天华正站在不远处，乐呵呵地朝她笑。魏清再度被眼泪润湿了双眼，扑到魏天华的怀里泣不成声。

“哎呀，丫头，你怎么了？”魏天华惊骇地抚摸着她的头发，“遇到什么不开心的事情了吗？你不才刚出去一会儿吗？”

“哎呀呀，魏清，你怎么还没长大啊？又找爹哭鼻子，亏你还是海盗呢！”有一个熟悉的声音传来。魏清停止了哭泣，茫然地朝声音传来的方向看去。只见魏渊正站在离她不远的地方，张开了大嘴嘲笑她，“又遇到什么事情了？被厨房里的猫抓了，还是掏鸟蛋的时候被鸟啄了？”

魏清抹去脸上的眼泪，大声地笑着说：“你别把我想得和你一样啊！”她对魏渊的感情极为复杂，但打心底希望能和他重逢。

魏渊又跟她笑闹了几句，从怀里拿出一串漂亮的贝壳递给魏清。魏清赶紧接过来，放到掌中轻轻地抚摸。

这栋房子非常华丽，和魏清在黑风岛上的家自然不能同日而语。魏清沿着走廊往里走，又遇到了魏岚。魏岚一脸纯净的笑容，似乎还是她亲爱的二哥，之前那弑父害妹的事情似乎从没有发生过。当然没有发生过了，这是她理想的世界。

魏清继续沿着走廊往里走，又遇到了母亲。母亲和去世前一样漂亮，对她也和以前一样温柔。魏清欣喜若狂，缠着她说了很多话，但也无非就是她离去后的种种琐事。

“你在说什么啊？”她娘惊讶地睁大了眼睛，“什么叫我走了之后？我从来都没离开过你们啊。”

“是吗？”魏清感到一阵迷糊，但很快便不再在意。管他合不合理呢，妈妈在就好。

“哎哟，你一天到晚怎么就光顾着和我说话啊。”她娘笑着嗔怪她，“你刚结婚不久，不陪着你相公，天天缠着我这老婆子干吗？”

“什么，我结婚了吗？”魏清赶紧沿着走廊往里奔，正好看到铭泰迎了上来。

“出什么事了，在家里还这样跑？”铭泰笑着问她。

“我是和你结婚的吗？”乍一见他，魏清竟变得有些怯怯的，红着脸问。

“当然了，你还能跟谁结婚？”铭泰皱起了眉头，唇边却是微笑着。

“啊，不是。”魏清慌了，低下头去找话遮掩，“我只是觉得我们还没找到海盗王的宝藏，就这样先……”

“海盗王的宝藏？”铭泰惊诧地扬起眉毛，“你不是早就找到它了吗？”

“什么？”魏清简直不敢相信自己的耳朵。

“你不是把财宝都运回来了吗？就在库房里，要不我带你去看？”

铭泰牵着魏清的手，把她带到库房。只见库房里堆满了金银珠宝，各色魏清幻想中的宝贝应由尽有。魏清茫然地走过去，捧起一捧珠宝，心“怦怦”地跳着，“那我也成为海盗王了吗？”

“当然了，现在全世界的海盗都听你的号令。那些威震四海的海盗头头，你不是昨天才见过吗？”铭泰把她带出库房，指着一个窗口叫她往下看。魏清这才发现自己正在一座宏伟的要塞的顶部，下面是一个巨大的海港，海港里停着数不清的海盗船。

第十一章
“魔鬼的舌头”

一阵剧痛过后，魏清发现自己正趴在草丛中，手里握着一个已经被砸烂了的、上面粘着血迹的海螺。她挣扎着爬起，忽然又感到一阵眩晕，似乎马上又要晕过去。她赶紧捏了捏自己肩上的伤口，让自己再度获得片刻的清醒，然后用手指挠了挠喉咙，把之前吃下去的蘑菇全吐了出来。

魏清只觉得全身的血液都涌上了心头，胸口一阵发热，一阵冰凉，梦想着的东西一夕之间全得到了，魏清的欣喜之情自然难以言表。

但欣喜之后，却又未免有些失落。得到自己想要的东西固然是好，但得到这些东西的过程也很重要。没有经历过这些过程，即使能得到想要的东西，那份欣喜也不免淡了。

魏清嗟叹了几声，忽然想到自己这样是不是太不知好歹，不由得笑了起来。笑了几声之后，她忽然又想起一件极其重要的事情，立即转过身来，端正了脸色，目不转睛地看着铭泰。

“怎么了？”铭泰微笑着问，丝毫没有在意魏清态度的突变。

“你准备把你的事情告诉我吗？”魏清一字一顿地说。她因为紧张，一张脸越绷越紧。

“什么事？”铭泰微笑着说，表情依旧很平静。

“当然是那些事，”魏清气往上冲，正要提声说话，却发现自己对铭泰隐瞒的事情一无所知，即使要质问他也不知该如何表述，顿时急火攻心，“就是那些事情，你瞒着我的。”

“哦，那些事情啊。”铭泰不以为然地笑了笑，“我不早就告诉你了吗？”

“什么？你告诉我了？”魏清怔住了。

“是啊，你忘了吗？”铭泰依然在微笑。

魏清呆呆地看着他，忽然感到天旋地转，过了半晌才回过神来。

她下意识地捏了捏拳头，忽然感到手里多了一个东西。她茫然地打开手掌，发现手里握着的是一个彩色的海螺，正是她在遇到“圆梦女神”之前拾到的。

怪了，魏清迷惑地挠了挠头，她记得自己没把它带进这个世界里来呀。

咦？这个世界？魏清忽然感到一阵巨大的恐慌，猛地转头朝铭泰看去。铭泰的笑容此时在她看来是那么虚假。

这个世界是真的吗？

魏清忽然感到脑中一痛，眼前赫然出现了自己握着海螺、躺在林间草地上的画面。魏清倒吸了一口冷气，忽然感到脑中痛如刀绞。这个世界是虚假的吗？她现在其实是躺在草地上吗？她为什么会这样？

如雷轰电掣一般，她想起了那些蘑菇。她之前在书里看到过，说有些毒蘑菇可以让人产生幻觉。也许海盗王在地图上标出蘑菇，是说这些蘑菇有毒，不可以吃。她现在是中了毒吗？

魏清想到这里后立即惊恐地想哭，于是又不自觉地捏紧拳头，顿时感到海螺硬硬地抵在手掌里。她盯着海螺看了一会儿，忽然大喜：这个海螺是现实世界的东西，她现在就拿着海螺往自己身上砸，也许可以让自己痛醒过来！

打定主意后魏清就握着海螺准备往头上砸，忽然想到这样就得舍弃这里的一切，不由得感到为难。但她很快又想到这一切只是虚幻，她说不定马上就会被毒得命归黄泉，立即咬牙拿着海螺往肩上砸去。

一阵剧痛过后，魏清发现自己正趴在草丛中，手里握着一个已经被砸烂了的、上面粘着血迹的海螺。她挣扎着爬起，忽然又感到一阵眩晕，似乎马上又要晕过去。

她赶紧捏了捏自己肩上的伤口，让自己再度获得片刻的清醒，然后用手指挠了挠喉咙，把之前吃下去的蘑菇全吐了出来。

吐掉蘑菇后魏清的神志便清醒了很多。她坐在地上休息了一会儿，然后跌跌撞撞地朝大家休息的地方跑去。

大家果然都已中毒倒地。魏清首先冲到铭泰身边，正要对他施救，忽然听到他异常清晰地说了一句："我已经登上了巅峰了，为什么还感到这么孤独？"

魏清一怔，看向他的脸，发现他流下了两行清泪，皱着眉头，咬着牙齿，似乎非常悲戚。魏清不禁呆了，他看到了什么幻觉？也是实现自己的愿望吗？他的愿望是什么？登上巅峰吗？他到底要登什么巅峰？为什么登上巅峰后还这么悲伤呢？

铭泰又"哼"了一声，脸上露出了痛苦的神情。魏清来不及多想，掰开他的嘴，伸手去挠他的喉咙，助他呕吐。铭泰大吐了一阵，茫然地睁开眼睛，看到魏清正一脸关切地看着自己，感到大惑不解："怎么了，你？"

魏清把事情经过简要地跟他说了一遍，叫他赶紧去救其他人，自己则去救约翰。

约翰躺在地上，也是愁眉紧锁，满嘴荷兰话，飞快地不知在说些什么。魏清走到他身边，忽然听到他嘴里蹦出一个人名：纽提拉。

这纽提拉大概就是约翰喜欢的人吧。他大概梦见自己和她终成眷属了吧。

魏清正要给他施救，忽然听到他的嘴里又冒出了“魏清”两个字，非常短促但是发音清晰。魏清一惊，仔细听他说的话，发现“魏清”和“纽提拉”这两个词反复出现，似乎他正就这两者进行比较。魏清怔怔地看着他，忽然非常想知道他在说什么。

约翰忽然低低地呻吟了一声，眼珠在眼皮下剧烈地转动。魏清一惊，赶紧对他施救。

约翰吐出蘑菇之后，痛苦地睁开眼睛，茫然地看了看她，又说了一句荷兰话，里面出现了“纽提拉”这个词，似乎在问“纽提拉呢”？

魏清赶紧告诉他他吃了毒蘑菇，刚才看到的东西都是他的幻觉。约翰一怔，露出了非常失望的神情，又朝魏清瞥了一眼，忽然满脸通红。

魏清感到非常奇怪，更想知道他刚才看到了什么，又见他露出这样的神情，知道一定是令人脸红的事情，也不由自主地红了脸。

魏清他们忙活了半天，终于把大部分人都救了过来。余下的几个人由于蘑菇吃得过多，中毒过深，不幸中毒身亡。大家把逝者埋入土中，互相搀扶着登回船上，扬帆离开了这个岛。

这次是他们经历的最大的一次劫难，以前遇到的事情虽然惊险，但从没让他们损兵折将。这一次不仅所有的人都去奈何桥边走了一遭，几个人还永远地留在了那里。

铭泰站在后舷上，神情冷峻地看着远去的小岛，眉头里凝满了酸楚。

魏清悄悄地来到他的身边，想起他那时说的话和那时流下的泪，心顿时剧烈地颤抖了起来：他看到的到底是什么呢？他要登的到底是什么巅峰？他一定有她无法想象的复杂过去！

“你在昏迷的时候，说自己登上了巅峰，还说自己很孤独。”魏清盯着他的眉头，喃喃地说，“你到底看到了什么？可以告诉我吗？”

铭泰一惊，脸上涌起红意。

“我是梦见登山了。我以前最爱登山，并梦想能登上世界上最高的山。我梦见我登上了世界的最高处，但是那里很冷，很寂寞，高处不胜寒。”

“是吗？”魏清有些怀疑，“那你要登的是哪座山呢？”

“我也不知道，可以说是传说中的山吧。”铭泰看向遥远的天际，露出了神往的神情，“世界的最高处，云和日月全在脚下！”

他的表情非常真实，不像在假装。魏清感到很迷惑，弄不清他是不是在说真话。她想起他那时流下的眼泪，心头忽然一阵酸楚：他为什么不愿把伤心事告诉她呢？是因为她还对他不够好吗？

船驶出几十里之后，约翰忽然找到魏清，请她把船再开回去。

“抱歉抱歉，我一个重要的东西找不到了，估计是丢在那座岛上了。”约翰挠着头，笑得很尴尬。他丢的正是那个镶着纽提拉画像的坠子。他不敢对魏清说里面镶着谁的画像，只说那是他非常重要的东西。

没有办法，魏清又把船开了回去。约翰回到他们前日宿营的地方，在草丛里找到了他的坠子。

“好了，可以走了！”他兴高采烈地对魏清说，却发现魏清皱着眉头看着另一处草丛。

“怎么了？”约翰走到魏清身边。

魏清朝草丛里指了指：“这里应该被很多人踩过，至少有十个人。”踩踏的痕迹穿过灌木丛，一直延伸到树林里，“在我们之后，还有其他人来过这个岛！”

魏清拔出匕首，蹑手蹑脚地顺着脚印走过去。约翰一声不响地跟在她身后。

脚印一直延伸到一片平地，平地上有不少人坐卧的痕迹，还有一个已经燃尽的火堆。魏清用手摸了摸灰烬，发现它还是热的。

“这些人应该还没走远，”魏清向四周看去，“他们会不会是有意跟着我们的？”

“这也不一定吧，”约翰皱着眉头看着那堆灰烬，“也许是过往的客商。”

魏清皱眉不语，带着约翰回到船上，叫船员赶紧开船，她自己则站在后舷，拿着望远镜朝四周张望。四周一片空茫茫的，除了天就是水。海上不比陆地，到处都无遮无挡，如果被人跟踪一定可以发现。魏清慢慢地放下望远镜，眉头却依旧深锁。既然已经知道有人要拦截铭泰，就绝不可以掉以轻心！

之后的几天都很平静。这天魏清又站在甲板上，忽然听到头上有扑翅之声。魏清抬头望去，发现船上来了一只鹦鹉，红嘴碧羽，煞是好看。

魏清心头一动，闪过去把鹦鹉抓了过来。鹦鹉不是海鸟，在这里出现就代表附近一定有船。她把鹦鹉放在笼子里，拿来望远镜朝舷后看，果然发现远处有一个像船的小点儿。这会是跟踪他们的吗？

如果要跟踪他们，这个距离似乎有点儿远。魏清思忖了一下，又去调弄鹦鹉。养鹦鹉的都会教鹦鹉几句日常用语。只要听鹦鹉说的什么，大概就能知道鹦鹉的主人是什么人了。

鹦鹉“嘎嘎”地叫了几声之后，便开始说：“糖糖！糖糖！你看我头梳得美不美？”一连重复了几遍。语气略带娇媚，似乎是女子向丈夫撒娇时的语气。

糖糖？魏清皱着眉头笑了起来，没想到还有人用这么腻歪的名字称呼丈夫。啊？也许不是糖糖……堂堂……唐唐……隋唐？难道是隋唐？是他在跟踪他们？

一想起这个魏清便一惊，又拿起望远镜朝那艘船看了看。没办法，距离实在太远了，还是看不到那边船上有什么人。如果跟踪他们的人是隋唐，那其中缘由就耐人寻味了。仔细想想，这里的确是隋唐拥有的藏宝图所标志的区域，但他不知道开始的路线，应该追不到这里。唯一的可能，就是他和追捕铭泰的人合作了。心萍不是说过追捕铭泰的人找到了铭泰藏在某处的原图（就是标志着路线的开始的那块），一路追来了吗？如果他们把那块图和隋唐手中的合并，的确可以找到这里。

魏清想了想，又去把铭泰叫来，把望远镜递给他，让他也看看那艘船。铭泰看过之后双眉深锁，面笼严霜。

“你觉得我们该怎么办？”魏清盯着他的侧脸，低声问。

“只有想办法甩掉他们了，得尽快离开这个区域。”铭泰沉着嗓子说，脸上忽然露出了惊讶的神情。

“怎么了？”魏清赶紧问他。

铭泰没有答话，把望远镜递给她。魏清接过望远镜一看，发现那艘船正加速朝他们驶来。转眼间那船和魏清距离便大大拉近，魏清已经可以看到船上的人和物了。只见这艘船装备简单，像是艘普通的中国商船。上面的船员懒懒散散，不像怀有武功。一个女子倚在左舷上，手里抓着一把瓜子，一边嗑一边把皮吐到海里。一个男子从船舱中出来，慢慢地朝女子靠近，脚步也是非常虚浮。这艘船大概真的是艘普通的商船。但是魏清还是让船员做好了战斗准备，所谓兵不厌诈啊。

转眼间那船便驶到了魏清的船边。魏清深深地吸了一口气，目不转睛地注视着船上的一切，却见那船毫不减速，转眼就要超过他们。

倚在船舷上的女子点头朝魏清示意，看到魏清手边笼子里的鹦鹉时一惊，挥舞着手臂朝她呼唤，说这鹦鹉是她的，请魏清把鹦鹉还给她。

魏清犹豫着打开了笼子，鹦鹉飞到那女子的手指上站着，“嘎嘎”地朝她欢叫。

那女子一边用手指梳弄着鹦鹉的羽毛，一边朝魏清道谢，那男子也朝魏清微笑着点头。看来这女子就是这鹦鹉的饲主，那男子就是“糖糖”。

转眼那船就驶远了。魏清看着它渐渐远去，哭笑不得：难道这次只是她疑心病重？

铭泰看着那艘船远去，表情虽然轻松了一些，但眉头仍然深锁，看来他的疑心病也不轻。

那艘船之后再也没有出现。之后的几天也很平静。但船员们谁也不敢有所松懈。因为马上他们又要经历一次重大的考验。他们很快就要到达“海船的坟墓”——一个被称为“魔鬼的舌头”的地方。当然，只有图标的藏宝图上并没有说明这个区域的名字。关于这个地方的描述是约翰从见识广博的水手那里听来的。

这个地方被称为“魔鬼的舌头”，并不是因为这里有魔鬼张开的大口，而是因为这块区域的形状像条舌头，下一个藏有钥匙的海岛便在这个区域的中心。这里不知因为何种原因，有着非常奇特的地貌。无数个礁石犬牙交错地露出海面，还有无数个礁石隐藏在海面以下。来往的船只一不小心就会触礁沉没。海盗王在藏宝图上重点标出所有的礁石，但他们仍不能掉以轻心。

为了保护主船，魏清命人把船停在这个区域之外，自己带着精锐的船员，坐小船朝那个岛屿前行。因为水中到处都可能有潜伏的礁石，他们卸去了小船的帆，划着桨，小心翼翼地按着藏宝图的指示前进。“魔鬼的舌头”里到处都是触礁的船只，或浮或沉，倒也成了礁石的标志。

这些船的残骸散发着沉沉的死气，令人不寒而栗。林立的礁石上更有爬上礁石求生、最终饿死其上的船员的遗骸，更让人触目惊心。

“果真是船的坟墓啊。”约翰看着四周，喃喃地说，“在荷兰的传说中，像这种礁石林立的地方，都会有海妖栖息。海妖们会在风暴来临之前，坐在礁石上唱歌，蛊惑水手把船开向礁石，导致船毁人亡。”

“如果真有海妖在这里，那就有趣了。”魏清半开玩笑地接口，“海妖是不是长得很美啊？如果真有海妖出现，我就捉几只回去，给没老婆的船员当老婆！”

约翰“扑哧”一声笑了，“恐怕你捉不住它，海妖的歌声力量很强，据说没有人听过它的歌声不受蛊惑的。”

“得了吧，要是没人能逃脱，这些传说又是怎么传出来的？”

“哈哈，好像只有古希腊的英雄奥德修斯经过海妖的岛屿时没有被蛊惑。据说他是因被众神示警，用蜡条塞住耳朵才逃过一劫。”

“哦，”魏清点了点头，随口又问，“那海妖之后怎样了呢？”

“海妖中最美丽的一位爱上了奥德修斯，在奥德修斯离开后投水自杀。”

“哦，”魏清感叹道，“这海妖还真是个多情种。”说到这里后她下意识地看了看铭泰，心里颇有感触。也许他就是那过路的英雄，而她将会成为那投水的海妖。

铭泰察觉到了魏清的目光，却假装没有看见。魏清轻轻地叹了口气，又低头看图纸。她是不会轻易把藏宝图带下船来的，这块图是她从藏宝图上临摹下来的，只临摹了“魔鬼舌头”这一部分。

那块藏有钥匙的小岛静静地躺在一片犬牙般的礁石中

间，上面标着一些奇怪的纹路。弯弯曲曲的，像蚯蚓。魏清认为这大概是指某种毒虫，或者某种毒蛇。为了不让大家被它们所害，她一早就提醒大家注意提防。

转眼间，魏清他们就到了地图上标记的地方。而这里的情况却让他们大跌眼镜。这里只有空空的一片海面，根本没有任何岛屿和礁石。

魏清攥着藏宝图，茫然地环顾着四周，“不可能啊，我们一直按路线来的，难道我们走错了？”

这是寻宝的路线第一次出现偏差，大家都有些不知所措。魏清回到船上重新研究藏宝图，晚上就让船在“魔鬼的舌头”边上下锚。一块礁石正对着他们，上面趴着一具骸骨。傍晚时魏清登上甲板，远眺那具骸骨，第一次感觉失去了方向。那具骸骨以壁虎的姿势趴在礁石上，腰部以下浸在水里，胸骨和手骨里面亮光闪闪。

那是一块块宝石和金块，想必这位仁兄身负财宝，用尽最后一丝力气爬上了礁石，然后便死在上面。然后他肌肉烂尽，衣衫尽毁，这些财宝却丝毫无损。

魏清忽然感到一丝眩晕。人真是熬不过珠宝。一点儿都熬不过。珠宝若是有灵，恐怕会嘲笑人的渺小——那不断更换的主人，在它永恒的生命面前，也许只是几粒轻轻拂过的微尘。那她处心积虑地想要占有宝藏，是不是也是毫无意义呢？

魏清猛地打了个哆嗦，心想自己要继续这么想下去肯定不妙，连忙转身回了船长室，继续研究藏宝图。

旭日东升，碧海铺金。魏清揉着眼睛走上甲板，怀着矛盾的心情，又看了那具骸骨一眼。昨天她研究藏宝图研究到半夜，根本没有结果。昨天那关于珠宝和人的关系的感慨已经让她萌生去意，昨天的空劳无功则让她去意更浓。

魏清看着那具骸骨，正要重温昨天的感慨，忽然发现骸骨似乎有一点儿古怪。它好像往上爬了一点儿，她记得昨天海水可是浸到骸骨的腰间的，今天却离他的双脚还有一大截。不……不对，不是骸骨往上爬了，而是海水下降了，难道……

魏清忽然大叫着叫船员放下小船，带着几个船员朝地图所标记的小岛的位置划去，果然在那里找到一片覆盖着金色沙子的小岛。昨天他们之所以没有找到它，是因为它被海水盖住了。这个小岛因为高度和位置特殊，每天有一段时间要被海水盖住。地图上画着的那些蚯蚓的图案其实是指水的波纹，是说这座小岛有一部分时间要被海水盖住。如果昨天他们乘坐的是大船，势必在这里搁浅。

魏清很快便按着图纸的标记找到了“钥匙”和一份珠宝。这次的钥匙是一个怪模样的小镜子，在阳光下会射出五彩迷离的光芒，和珠宝一起埋在黄沙里。魏清拿了钥匙准备走人，却在不远处发现了一个奇怪的骸骨。

这个骸骨一只手拿着一柄长剑，深深地刺进自己的胸膛，另一只手则紧紧抱着一个黄金做的箱子。箱子通体由黄金制成，里面的宝物自然更珍贵了。魏清把箱子轻轻地抽出来打开，发现里面是一块拳头大的宝石。这个宝石通体透明，似白非白，闪着月亮般的白光。海盗的准则，就是见到财宝绝不放过。这块宝石魏清自然笑纳了。她把金盒揣进怀中，又回头朝骸骨看了一眼。这个骸骨似乎是专门跑到这里自杀，并带着宝石给自己陪葬的。他为什么要自杀呢？

这个问题的答案似乎要从金盒的盖子上找。魏清发现金盒上面刻着一些细字，字形和荷兰语有些相近，便拿去给约翰看。约翰仔细看了看字迹，说这些是拉丁文，慢慢地试着翻译了出来。

“这上面说里面装的是月亮宝石，”约翰说，“来自印度。原本是镶在神像的王冠上的。”说到这里，他的语气忽然沉了下去，“他说这个宝石带有诅咒，已经让很多人丧生，叫我们不管是谁得到这块宝石，都一定要立即把它沉入海底。”

“什么？”听到这段话后魏清有些发懵，但见那宝石光芒实在可爱，对那段话的真实性又感到怀疑，“诅咒啊？关于诅咒的故事这么多，不过我觉得那些都是什么人胡编出来吓人玩的。这家伙大概是怕我们会拿走他的随葬品，才会这么说的吧。”

“你不打算把它沉入海底吗？”约翰沉吟着说。

“当然，”魏清不以为然地说，“哪有把拿到手的财宝再扔掉的海盗？”

约翰皱着眉头看了看那块宝石，目光颇为忌惮。关于宝石的诅咒在西方流传很广，他对此人的说法倒还有几分相信。不过他见这块宝石月辉般的光芒实在可爱，眉头渐渐松开："也许这真是那些人编出的谎话吧，这块宝石并没有给人不祥的感觉。"

"我就说嘛！"魏清欢然道，对这块宝石爱不释手。为了能经常看到它，它把宝石锁在船长室的抽屉里，并叫看守船长室的阿博好好看守。阿博立即领命，接着却表情不自然地咽下了一口唾沫。

这一夜，天上云淡风轻、月朗星稀，海浪摇篮般轻轻地摇着。在这种环境中的人应该觉得很惬意，阿博却不是这样。不知为何，他觉得海浪的声音非常刺耳，海风像只无形的手一样挠着他的身体，月光和星光更像长了毛边，一下下地刺着他的眼睛。

他深深地吸了口气，闭上眼睛，眼前又浮现出那块月亮宝石的形象。自从白天看了那宝石一眼后，他就一直想再看一眼。他偷偷地溜进船长室，站到锁着宝石的桌子前，大口大口地喘着粗气。魏清的惩罚手段厉害，他是知道的。可是他就是想再看一眼这块宝石。他用力地咽了口唾沫，用刀撬开了桌子上的锁，"刷"地拉开抽屉。宝石的光芒顿时如牛奶般流泻了出来，把他的眼前照得一片通明。

第二天早上魏清走进船长室，赫然发现自己的抽屉被人撬开了。她如遭雷击，扑过去查看，发现藏宝图仍然在，只是宝石不见了。她松了一口气，但心随即又揪紧了：即使是宝石被窃，也够让人心痛的。

魏清气急败坏地去找阿博，却发现船上哪儿也找不到他。难道他乘小船逃了？魏清赶紧去检查小船和舢板，却发现一个都没少。

这就奇怪了，魏清呆了：他还能飞到天上去吗？

说到飞，魏清忽然发现有很多海鸥正往不远处的海面聚集，在贴近海面的地方翱翔着，似乎在啄食着什么东西。魏清心里一动，把船开过去，发现那里漂着一具浮尸，面目已经被海鸥啄烂了。魏清怀疑他是阿博，叫人把他捞上来，发现此人果然就是阿博。魏清发现他胸前有一块凸了出来，伸手一掏，发现它就是那块月亮宝石。

“难不成这家伙偷了宝石之后想游泳逃跑？”魏清骇笑，“还是他偷了宝石之后激动过度，一头栽到海里去了？”

这两种猜测都很滑稽。魏清继续检查阿博的尸体，却没再发现什么。

“兄弟们，你们怎么想？”魏清问大家，大家都露出了茫然的表情。只有约翰眉头紧锁，用荷兰语低声嘟哝了一句，“大概是诅咒应验了吧。”

魏清虽然听不懂他在说什么，但知道他肯定在说诅咒那码事，不由得朝他瞪了一眼。她才不相信诅咒这码事呢。阿博之死一定另有隐情，继续查查应该就会知道了。

魏清拿着月亮宝石，在阳光下仔细地端详。宝石被阳光切割着，闪出梦幻般的美丽光芒，所有的人都看呆了。魏清轻轻地转动着宝石，宝石的光同时也在慢慢地移动。铭泰忽然感到一道光柱射进了自己的眼里，心也跟着猛地跳了一下。由于角度的问题，虽然魏清拿着月亮宝石，最强的光束却让铭泰承受了。

铭泰承受了这最强的光束之后，心里却有了个奇怪的想法：这个宝石一定价值连城，也许用它就可以买下天下，也许他不需要去找那宝藏，只要能夺到这个宝石。

铭泰赶紧甩了甩头，制止自己继续想下去。这种想法很滑稽，历来宝石这种东西。想要实现它的价值，就必须找到出得起价钱的买家。一个宝物如果有价无市，还不如普通的黄金珠宝有用。对他来说，想要实现大业，当然是能快速变现的财宝比较有用。可惜他虽然明白这个道理，却仍旧对那宝石有着强烈的占有欲。

他拼命地压制住这种欲望，心里却有一个更怪的想法开始萌芽。

“你要杀了魏清。”一个声音忽然在耳边响起。铭泰吓了一跳，赶紧朝四周看了看，却发现根本没人跟他说话。

“你要杀了魏清。”这个声音又在他的耳边响起，比刚才犀利了许多，直直地插进他的脑海最深处。

铭泰打了个哆嗦，不由自主地捂住了耳朵。他怕魏清发现自己的异常，赶紧低头进了船舱。

魏清还在端详着那块宝石，根本没有发现铭泰的异常。

历来船员在海上身亡就要被水葬。可怜阿博从水里出来后还要回到水里去。水葬完阿博之后，魏清回到船长室，把玩着月亮宝石，皱紧眉头沉思。铭泰悄悄地走到船长室外，透过门缝往里看。他的额上已经布满了冷汗，胸口也在剧烈地一起一伏。那个声音正在他的耳边不停地回响，响如雷鸣："你必须杀了魏清，你要成就大业就必须杀了魏清，她是个海盗，一定不会跟你平分财宝。她对你只是利用而已，等找到财宝，一定就会把你杀了，独吞财宝。"

"我不能杀她！"他在心里痛苦地对着这个声音大喊，"我喜欢她！而且她也喜欢我！就算她不会给我宝藏，她也不会杀我。"

"哈哈哈！"那个声音大声嘲笑他，"不给你宝藏还不够吗？你现在唯一的希望不就是得到宝藏吗？而且你怎么知道她会一直喜欢你？你忘了约翰那小子了吗？你一疏远她，她对你的感情就会变淡了。等她把感情转到约翰身上，再想起你对她的轻慢，一定会杀了你泄愤。"

"可是我喜欢她！"铭泰痛苦地在心中大叫。

"喜欢又如何？你不也喜欢心萍吗？你不是也亲手杀了她吗？霸业和女人哪个重要，当然是霸业重要！"

一想到心萍铭泰便崩溃了，意识竟也开始模糊起来。

"杀了她吧，杀了她吧，杀了她吧……"这个声音反复地念叨起来，一句比一句更有蛊惑力。铭泰的眼睛慢慢地失去了光彩，伸手敲响了船长室的门。

“啊？是你？”魏清开门发现是铭泰，大感惊诧，“你有什么事吗？”

“没事。”铭泰木然地微笑着，忽然一把把魏清按到了地上。魏清吓了一大跳，失声呵斥：“你想干什么？”同时脸也变得通红。铭泰直直地盯着她的脸，竟然从怀里掏出了一把匕首：“杀了你！”

魏清吓了一跳，赶紧挣扎，却根本拗不过铭泰，被铭泰用匕首架在了脖子上——此时的铭泰力气竟超乎寻常地大。

“你疯了吗？”魏清惊恐地看着铭泰，心里充满了迷惑。

铭泰的目光无比呆滞，两个眸子就像两个黑洞。他把匕首压在魏清的脖子上，一字一顿地说：“杀了你！让你无法妨碍我的事业！”

“你的什么事业啊？我干吗要妨碍你？你在胡说什么啊？”魏清感到匪夷所思，大声叫道。

铭泰的身体一颤，忽然露出焦急的神情，嘶声道：“你不能杀魏清！她不一定会妨碍我的事业！”接着又露出凶狠的神情，用呵斥的语气说：“为什么不能杀她？你怎么知道她不会妨碍你的事业？只要她活着，就一定会妨碍你的事业！”看来他心中有两种念头在激烈交战，通过表情和声音表现了出来。

接着铭泰的脸便开始剧烈地抽搐，同时不停地咬牙皱眉，似乎那两个念头交战得甚是激烈。魏清瞄着他的脸，偷偷去拔腰间的匕首。就在这时铭泰忽然嘶叫一声："跟你说也没有结果，看我一下来个痛快的！"说着便扬起匕首朝魏清的脖颈刺去。魏清大骇，赶紧去拔腰间的匕首。其实以现在的情况，她再快也来不及挡住铭泰的匕首，但出于求生欲望还是去拔匕首。

"哧！"一股热血喷到了魏清的脸上，魏清脑中一麻，接着便什么都不知道了。铭泰趔趄着退开三步。脸色惨白如纸。魏清回过神来，赫然发现自己全身无伤。她茫然地看了看铭泰，顿时惊叫出来：铭泰的腿上插着匕首，伤口鲜血涔涔而下。

"这下你该冷静了吧？"铭泰冷笑着说，凄然地看了魏清一眼，猝然倒下。魏清赶紧过来扶住铭泰，又是惊惶又是迷惑：他到底怎么了？

魏清暂时把铭泰锁进空房间里，以防他醒来后再度发狂。魏清换下血衣，洗净手脸，站到甲板上吹风，远远地看着关着铭泰的房间，心仍然"怦怦"地跳个不停。

铭泰今天太奇怪了，怎么会忽然要杀她？还说什么她会妨碍他的事业，他到底在进行什么事业啊？她怎么会妨碍他的事业？

魏清苦恼地挠了挠头。她对他仍然是一无所知，不过，魏清低下头轻轻地咬了咬嘴唇，脸上现出了红晕：虽然他失去了理智，但在最后的时刻还是没有伤害她，宁愿自伤身体让自己清醒，也不愿伤害她。

魏清眯起眼睛，感到心中正有一丝丝的甜味慢慢地泛上来。但感到甜蜜的同时她也感到非常沉重：不管怎么说，在铭泰的内心深处，竟有把她当成事业的障碍的念头，实在无法令人释怀啊。

魏清重重地叹了口气，又回头看了看关着铭泰的屋子，心里忽然冒出一个念头：这个诡异的事件会不会和那块宝石有关？难道那块宝石真的带有诅咒？

魏清冲回船长室，从抽屉里翻出那块宝石。宝石在她的眼前散发着迷离的光芒，耀眼生花。魏清静静地盯着她，忽然感到视野里出现一块异样的曝光，眼球也像被刺了一样麻麻地痛，魏清赶紧闭上眼睛。没想到闭上眼睛后仍觉得眼球上有一片光亮，就像一块光斑印到了她的脑子里一样。

这种感觉令魏清很不舒服，下意识地甩了甩头。就在这时，忽然有一个声音在她脑中响了起来：“你就任由铭泰瞒着你吗？”这个声音听起来很熟悉，但也很陌生，既像她的声音，又不像她的声音。

“瞒我什么？”魏清茫然地回应。

“很多很多事情，比如他的身世到底是什么，他到底在进行怎样的事业。”

“他不告诉我，我也没有办法啊。”

“你有没有想过，他为什么在这些事上瞒着你？是不是这些事不能对你说？”

“你这是什么意思？”

“你有没有想过他以后可能会对你不利？”

“你胡说！”

“好吧，但你自己也应该清楚，他十有八九会离你而去。你只能学那个水妖，在爱人离去后，除了投水自杀外什么都做不了。”

一听这话魏清感到自己的心一坠千丈，呆呆地问：“那我该怎么办呢？”

“很简单，杀了他！”

“什么？”魏清像被炮烙一样惊叫起来，“我怎么能杀他？”

“你当然得杀他！这样之后他就能活在你的心里，永远属于你了！如果你让他走了，和别的女人在一起，你就连把他装到心里都做不到了！你今生不能和他在一起，至少要让他活在你的心里！”

这席话像一柄利剑一样刺进魏清的心里。魏清感到脑中一痛，接着便蒙了，伸手便去拔腰间的匕首。

由于她昏昏沉沉的，不小心按到了匕首的刃口上，手指被割了一个口子。这丝微小的疼痛让她的头脑有了片刻的清醒，赶紧把匕首插回鞘内：“我这是干什么啊？”

犹如雷轰电掣一般，她想起了铭泰那时的样子，立即明白自己是和他出现了同样的问题。她想起铭泰是自刺大腿才让自己清醒的，心想大概必须伤肉见血才能让自己清醒，便咬牙拔出匕首往自己的大腿上刺去。

一阵剧烈的疼痛之后，魏清觉得自己的大脑轻松了许多，接着便感到一阵眩晕，扑倒在地。等她清醒过来之后，发现脑中的声音已经消失无踪，大脑也不再有蒙蒙的感觉。她掏出手帕，咬牙捂住腿上的伤口，回头朝月亮宝石瞥了一眼，在眼还没被光芒刺到的时候赶紧缩回。她现在明白了。是宝石的光。这块宝石的光能对人的大脑产生影响，把人心中的恶念无限地扩大，并让人去施行自己的恶念。她、铭泰和阿博受影响的时间不同，大概是因为光的影响受制于人心里的宁静程度。她的心里一直比较宁静，所以在心乱之后才受影响。铭泰和阿博的心里可能都不怎么宁静，所以才会先受影响。

这个宝石的确是个祸害，她不能再留着它了。魏清把宝石拿到手里，眯着眼睛不正眼看它，把它拿到舷边，深深地吸了口气，把它扔向了海里。宝石像流星一样在空中划了一道完美的弧线，飞快地向海中坠去。可就在它快要接触到海面的时候，一个人影忽然跃入了海中。

魏清一惊，发现那个人正是约翰，正拼命地朝宝石落水的地方游。天哪，他也受影响了吗？魏清因为大腿受伤不能游水，便大声喊船员去救他。

几个船员跳下水去，把约翰救了上来。约翰被救上来时脸色苍白，金发纷乱地贴在额头上，双眼茫然无神，就像两粒死珠，身体还在微微颤抖。

“那块宝石你不能捞，它是个祸害！”魏清捧着他的脸大声说。

“不，我要把它捞上来！我要回荷兰去了，至少要带件东西。”约翰大声说，眼睛依旧茫然无神。

“你要回荷兰去了，为什么？你不和我们一起寻宝了吗？”魏清一惊。

“谁知道我们能不能找到那宝藏啊！再说你之后一定会和铭泰结婚，我实在无法看着你这样。没有成就我是没脸回故乡的，至少带一块宝石，这样也许还不会太丢脸。”

魏清呆住了。她已经知道了宝石的光催发的是人心中的恶念，或者说是人心中的枷锁，万万没想到约翰心中的“恶念”竟会如此简单和“温和”。他怕的是找不到宝藏——这很正常，以及她会和铭泰走到一起。难能可贵的是面对这个问题他选择的是自己让出来，而不是和铭泰拼个你死我活。如此说来，约翰的这些话就等同于间接示爱。魏清的脸顿时羞红了，心里感到一阵温暖，却也感到一丝愧疚：她还是更喜欢铭泰，大概不能回报他的感情。

她见约翰的目光依旧无神，怕他再说出什么来，赶紧拔出匕首在他肩上一划。约翰呻吟了一声，眼里也恢复了神采，见自己身上透湿，大家又围着自己，不禁感到迷惑无比：“我这是怎么了？”

“一言难尽啊！那块宝石的光能催发人心中的恶念，并促使人去行恶。你也被那块宝石影响了。”魏清干笑着，怕自己脸上的红意还没退尽，又下意识地抹了抹脸。

约翰想了一想，顿时大感惊慌：“我刚才做了什么？”

“哈哈，不用担心，你只是想逃走而已。”魏清笑着说，脸又悄悄地红了。

“是吗？”约翰将信将疑，朝大家看了一眼。大家不约而同地把目光看向别处。约翰立即省悟自己肯定说出了自己心中的隐秘，顿时不好意思地低下头来。

大家全都忍俊不禁。对这件事魏清也感到尴尬，但也忍不住想笑。但笑容还没绽开就凋谢了。她之前知道约翰和铭泰心中都各怀隐秘，但没想到他们心中的隐秘是这样的。而且，令她非常惊骇的是，自己的心中竟然也有自己所没有意识到的隐秘，而且复杂程度远远地超出了她的想象。这块宝石就像一块镜子，在这块镜子前，他们心中所有的隐秘和阴霾都无所遁形。他们通过它看到了最真实的自己，也感到无比惊骇和无比的羞惭慌张——因为看这面镜子的，不仅仅是他们自己，还有别人。

宝石虽然被扔进了海里，仍让人感到深深的不祥。魏清令大家立即开船离开，驶离了好远之后才再度停泊。夜已经很深了。水手们各自回房休息，连守夜的人也昏昏欲睡。一个黑影佝偻着身躯走上船板，窃笑着对着月光摊开手掌。

那枚不祥的宝石正像异星一样在他的掌中熠熠生辉。果然在月光下美丽异常。黑影馋涎欲滴地看着它，恨不得把它吞下肚去。

“哎呀，老于！”魏清忽然从桅杆后闪了出来，“真没想到啊，你都年过四十了，仍然经不起诱惑。”

老于骇然，赶紧把宝石藏进怀里。他刚才参与搭救约翰，不巧游到了正在下沉的宝石旁边。虽然浸入了水里，但在水中折射的微光的照耀下，宝石的光芒仍然是动人心魄。他一时糊涂，便把宝石藏了起来，很快就觉得自己死也离不了它。也许是因为吃过宝石的苦头，宝石再回到船上的时候她心里也有微弱的感应，之后发现老于神情不对，便怀疑他偷藏了宝石，跟着他一看，果然如此。

“快把宝石扔了！”魏清拔剑对准老于。她本不想对平日忠心耿耿的老水手拔剑，但她知道被宝石蛊惑的人的心智都会大异，不用武力恐怕不行。

老于露出了护食的鬣狗般的神情，拔剑朝魏清扑了过来。魏清屏息静气，看准来势，向左一闪，运剑在他的胸口划了一道——她不想伤他，只想划破他的衣袋，让宝石自己掉出来。

可惜魏清这一剑划得偏了一些，宝石虽然滚到了裂缝边，但卡在衣袋里出不来。一缕月光照到衣袋上，顿时激出一缕异辉。魏清感到自己似乎又要受到蛊惑，赶紧把眼一虚。一股劲风猛地扑来，魏清赶紧向左一让，接着便感到右肩火辣辣地痛。

糟糕！她被老于刺伤了！

老于见她受伤后便像疯狗一般朝她猛扑，剑剑都想置她于死地。魏清不敢让目光和宝石的光芒相触，只敢虚着眼睛，勉强支撑。这样显然不是长久之计，魏清很快便被老于逼到了死角。过不多时，她又被老于一剑撩中了肩膀，虽然只被划破了衣衫，仍然凶险万分。看来不伤他不行了。魏清一咬牙，从甲板上的影子辨认出老于的来势，一剑朝他刺去。

“嗷！”老于被刺中了肚腹，软软地瘫倒。魏清抢到他身边，虚着眼睛掏出宝石，冲到舷边准备扔。

“嗷！”没想到老于又扑了上来，伸出沾满鲜血的手抢夺宝石。魏清来不及扬臂就把手一松。宝石擦着船体滚落了下去。他们的这番争斗已经引起了大家的注意，守夜的和几个被惊醒的船员呼喊着跑了过来，把仍乱叫乱动的老于按住。魏清看了看舷下，依旧心有余悸：她似乎看到沉在细沙里的宝石仍在闪着蛊惑人心的光芒。

宝石像是一个拥有灵魂的怪胎，它不甘就这样沉入大海，即使在海底也依旧不断将光芒发散出来。老于依旧死心不改，他挣脱了同伴的束缚，伸出双手朝宝石落入水中的围栏冲了过来，幸好魏清眼疾手快，一把拧住了老于的双手，他龇牙咧嘴地瞪着魏清。

其他船员拿来绳子，将老于捆了起来，然后关进了一个单独的房间。船员在临走的时候，听见老于在房间里抓狂的声音，那种声音十分恐怖，像是一头掉入陷阱的野兽。

魏清在老于被押走之后，独自捂着受伤的右肩站在船头，她依旧望着宝石落水的方向，她甚至还能看到宝石散发着无穷的光芒，不断蛊惑自己跳到海里。魏清紧紧闭着眼睛，集中注意力抵抗这种充满诱惑的力量。

从老于房间返回的船员都围拢在魏清身边，等待魏清进一步的指示。尽管大家看上去都很疲惫，但是魏清仍下令开船——离那块宝石越远越好。

不久，天就亮了起来。这时候离开宝石也有一段距离了，魏清只留下一小部分人放哨，让其余的人去休息。大家疲劳了一整夜，很快就各自回房间歇了。

魏清自己睡不着，打算到甲板上透透气。当她推开房门，就快走到甲板的时候，竟然发现约翰也站在甲板上，他软软地靠在船舷上，让船舷抵着腋下，两手软软地垂向海面——好一副颓废的样子。

魏清站在不远处悄悄地望着约翰，她不想和他搭话——出了昨晚那事，当然是不搭话的好。但是看着约翰萎靡不振的样子，魏清不禁有些担心，于是还是不由自主地走了过去，约翰听见脚步声也回过头来，看见魏清站在自己的身后。

约翰尴尬地挤出一丝笑容："你也没睡？"

"睡不着。"魏清走到舷边靠着，从眼角偷看着他。

魏清此刻也觉得有些尴尬，不禁开始后悔自己不该到这里来。但是事已至此，说什么都迟了。她扭过头望着约翰，发现约翰出神地望着波涛汹涌的远方。

“你想什么呢？”魏清终于忍不住问他。

“我想乘坐海浪回去。”约翰懒懒地说。昨天暴露本心之后，他就不想再藏着掖着了。

“天哪你……”魏清撇了撇嘴，嗔道，“别小孩子气了！”

“我还有留下来的理由吗？”约翰看着滚滚退去的海水，目光淡得就像一抹薄烟。

“哎呀，这个……”魏清没想到他会这么直白，顿时尴尬地口吃起来，“这个……嘛……其实……除了爱情之外，海盗也应该为了财富而历险。”

约翰苦笑着叹了口气，岔开了话题——他知道魏清不会给他满意的答案，却不由自主又转到尴尬的话题上：“你去看过铭泰了吗？”

魏清的脸猛地红了，接着又有些发白：“去看过了。”

“他状况怎么样？”约翰开始后悔自己为什么要提起这个话题，因为继续这个话题简直是受罪。

“还好吧。精神还好。吃了一点儿干粮，还喝了一点儿汤。”魏清低低地说着，担心之情一点点地荡漾开来，“按理说他失血过多应该多补一些，可惜吃不下，不过刚刚失血也不能大补。”

约翰越听越觉得不顺耳，忍不住“哼”了一声。

“怎么了？”魏清一激灵。

“啊，没什么，”约翰尴尬地笑笑，猛然发现不远处有鲨鱼的鳍在游动，慌忙指了过去，“我是看到它们了。”

魏清张望了一下，皱着眉头数了起来：“一只，两只，三只……一共八只？怎么会有这么多鲨鱼？它们在这里捕猎吗？”

“没关系啦，它们再凶残，也不敢咬船。”约翰笑着说，忽然想到了什么，神色变得有些凄厉，“一般情况下鲨鱼是不会跟着船走的，除非是贩卖奴隶的船只。”

“贩卖奴隶？”魏清已经猜到他想说什么，表情也跟着黯淡下来，“是不是等着吃奴隶的尸体？”

“是啊。”约翰的表情越来越凝重，“我有个亲戚，专门到野蛮人所在的岛屿上去，把青壮年抢来，卖给别人当奴隶。他们对待奴隶像对待牲畜一样，不管男女，像塞货物一样塞满一船。船里的条件非常恶劣，不断有人死去。他们就把尸体扔下海，后来连病倒了、还有气的人也扔下海去。鲨鱼就跟在他们的船后面，等着吃从船上扔下去的人。我见过那些野蛮人，他们也有手有脚，有血肉有呼吸，和我们没什么两样。我难以想象他们怎么能狠下心，那样对待他们。虽然我那位亲戚很有钱，但我从不屑于和他来往，也绝不会变成他那样的人！”

魏清点了点头，低低地说：“这些事情我也有所耳闻。很多到南洋贩卖奴隶的同行也做过相同的事情。唉，这种事情虽然很赚钱，但我们是绝不会做的。这就是所谓盗亦有道。”

通过这个沉重的话题，约翰和魏清成功地避开了尴尬。他们又聊了一会儿，然后各自回去休息。

但是当两个人发现关于贩卖人口的事情已经讲完时，都不免有些局促不安，因为之前那种难堪的感觉又涌上心头，像一柄斧头，一下一下狠狠地敲打在心头，每打一下，魏清都感觉到身体在剧烈颤抖。

魏清不知道接下来该说点儿什么，甚至不知道自己的双手该往哪里放，眼睛该往什么地方看。于是她两手撑着船舷，仰头望着天上的朝霞，天边红云纵横，像是一片燃烧的火焰。

约翰偷偷看着魏清，他感到魏清在朝霞中显得高贵如仙女，仿佛很快就会踩着云朵飞到天上去，再也不搭理自己和铭泰了。

当魏清发现约翰在偷偷看自己后，显得很羞怯，俏脸在霞光中显得红彤彤的，一如熟透了的红苹果，让人忍不住想轻轻咬一口。

约翰看得出神，突然一阵微风吹来，约翰打了一个冷战，飘飘荡荡的思绪也被拉回到现实，约翰发现了自己的失态，于是干咳一声，以此遮掩难堪的场面。魏清也有意打破这种尴尬的局面，于是无中生有地找了一些话题聊了聊，最后时间不早了，两个人准备各自回房间休息。

约翰在心里一步一步地数着魏清的步伐，当他猜想魏清差不多已经快走进房间的时候，才忍不住扭回头看了最后一眼。

回到房间的约翰辗转反侧、难以入眠，对于魏清的感情就如同小虫一般蚕食着他的心，但是对于这份感情约翰越来越感到无能为力，尽管还不至于知难而退，可是一想到强大的情敌铭泰，就感到力不从心。

约翰最后轻轻地闭上眼睛，自言自语道：“或许魏清对于铭泰的感情比我对她的感情更为强烈吧……”

第十二章

扰乱心神的宝贝

"快走！"魏清赶紧命令大家开船。水手们抿紧嘴唇，驾船从鲨鱼群中穿了过去。一般情况下，鲨鱼遇到船体都会迅速地避开，这次却不知死活地往船上撞，甚至还有张口撕咬船体的情况出现。大家好不容易驾船冲出鲨群，一个个脸色都有些发白。这样的反常情况令人担心，即使是在海上度过了半辈子的水手，也未曾看到过这种景象，这些鲨鱼是怎么了？

天过午之后，魏清叫醒大家，准备起航。

“我们走吧，今天恐怕走不了多远了。”魏清随意四眺，忽然惊叫了起来，“天哪！发生了什么事情？”

大家举目一眺，都是一惊：天哪，船周围的海面上竟满是鲨鱼的鳍，层层叠叠，竟似有几百上千头。它们焦躁不安地在船边穿行，散发着浓浓的腥气。

“这是怎么回事？”魏清下意识地按住了剑柄。这种场面无比的诡秘，就像鲨鱼在这里开会一样。躁动中带着恐怖的寂静，简直让人窒息。

“刷！”一头鲨鱼和其他鲨鱼发生了冲突，一口咬得它颈上鲜血直流。其他鲨鱼受到血腥味的刺激，围上去你一口我一口地把受伤的鲨鱼撕了个稀烂。猎食行为刺激着所有鲨鱼的神经，鲨鱼们开始互相撕咬，船周围的海面上顿时波浪翻滚，大片大片的血蔓延开来。

“快走！”魏清赶紧命令大家开船。水手们抿紧嘴唇，驾船从鲨鱼群中穿了过去。一般情况下，鲨鱼遇到船体都会迅速地避开，这次却不知死活地往船上撞，甚至还有张口撕咬船体的情况出现。大家好不容易驾船冲出鲨群，一个个脸色都有些发白。这样的反常情况令人担心，即使是在海上度过了半辈子的水手，也未曾看到过这种景象，这些鲨鱼是怎么了？

魏清命水手升起所有的帆，驾船全速逃离这诡异的地方。然而更令人费解的情况出现了。那些鲨鱼见船逃了，竟停止了撕咬，一齐朝船追了过来。

“天哪！这是怎么回事？”魏清骇然，迷惑地朝老水手看去。老水手们也是一脸迷茫。虽然被鲨鱼追上未必会丢命——他们毕竟在船上，但鲨鱼疯狂的样子实在太可怖，大家都觉得它们一定会带来灭顶之灾。但船已经在全速航行，他们也没有别的办法可想，只好看看鲨鱼，再看看自己的船，心全都吊到了嗓子眼。

“啊！这是什么？”一个水手惊叫着朝左前方指去。魏清一看，顿时大惊失色：左前方竟也有一群鲨鱼蜂拥而来，数量竟比追它们的那群还多。

“快转向！”魏清朝舵手大吼。舵手咬紧牙关，死命地一扳舵，船猛地向右前方转去。因为转弯过猛，船突然向一边倾斜。船上的人纷纷站立不稳，更有几个人差点儿掉进海里。新来的鲨鱼和追来的鲨鱼撞成一片，免不得又有一番撕咬，但很快又汇成一群，朝船追了过来。

“看来它们和我们杠上了！”魏清站在甲板上，按着额头，语气因惊慌而显得气急败坏，“这到底是怎么回事？它们为什么狂追我们？”

“不清楚……”约翰的声音也有些沙哑，眼睛的蓝色因为惊慌而显得格外的薄和淡，“不过有人说血腥味会引来鲨鱼……”

魏清疑惑地朝大家看去，神情却因惊慌而变得像要兴师问罪。大家愕然，七嘴八舌地叫起屈来：“大当家，你是不是怀疑我们把船上的哪个弟兄杀了，扔到海里去了？”

“天地良心啊，大当家，我们都把船上的弟兄当作手足……再说从昨天到现在，船上也没人少啊！”

“再说，就算我们杀了人，扔到海里，鲨鱼也只会追尸体，追我们的船干什么？”

“依我看，能让这么多鲨鱼追我们的船，恐怕得把船上的人都杀了，一个一个地扔到海里，才能让它们以为跟着我们就有食吃。”

大家惊恐之下，说的话也颠三倒四，不成体统。魏清越听越烦，大喝一声把鼓噪声全压了下去：“别吵了！谁诬赖你们杀人了？先去找找船上有没有血腥味大的东西！”

“会不会是有什么大鱼的尸体挂到了船底，引得鲨鱼们过来了？”铭泰拄着一根拐杖走了出来。船上已经闹翻了天，他自然也不能在舱中安寝。

“哎呀，你怎么出来了？”魏清赶紧迎了上去。

约翰见魏清对他如此殷勤，又觉得碍眼，忍不住大声驳斥他的话：“不可能……要想引来这么多鲨鱼，除非有鲸鱼挂在船底上了！”

铭泰脸色一变，没有理他，只是径直往舷边走去。一个老水手抢先冲到舷边，向下望了望，用沙哑的声音大声报告：“大当家，船吃水正常……船底上应该没有鱼！”

“那这是怎么回事？”魏清用力地按着额头——现在她的额头上连冷汗都没了，只是虚热着。

“啊！快看！”一个水手忽然指着右前方发出怪叫。魏清一看，顿时脑中一炸，右前方竟又是一群鲨鱼蜂拥而来，层层叠叠的鲨鱼鳍把海面都遮掩了。更可怕的是，在旗帜般的鲨鱼鳍之间似乎还有黑白相间的巨物在沉沉浮浮。魏清眯起眼睛仔细一看，顿时感到凉风呼啸着从心中穿过：那是虎鲸！海洋里最凶猛的食肉动物。

鲨鱼和虎鲸蜂拥而来，转眼就和后面的鲨鱼会合，把海船团团围住。因为冲得太急，它们相互之间发生了碰撞，少不得又是一通撕咬，血腥的场面触目惊心。魏清还想驾船硬冲出去，但聚在船边的鲨鱼实在太多，就像下饺子一样，担心硬冲会发生不测，只好滞留着。

“我们……该怎么办？”魏清怔怔地看着船下那一张张巨口，神经质地反复拔剑、按回。

“不知道……我想它们还不能咬碎船体吃掉我们……”约翰也是茫然失措，忽然看着后方惊呼起来，“天哪！怎么连它也……”

魏清向后一看，顿时惊退数步。只见海浪翻涌，一个小山般的黑影沉浮着冲了过来，还不时喷出水柱。

是蓝鲸！

蓝鲸是海里最大的生物，平日食素，性格也很温和，从不会袭击船只和其他鱼类。而这头蓝鲸却像疯了一样，在鲨鱼群里横冲直撞，竟径直朝海船冲了过来！

“快躲！”魏清大吼，冲到舵旁，一把推开已经吓呆的舵手，猛力扳舵。船猛地向一边转去，伴随着一阵乱响，似乎撞伤不少鲨鱼。蓝鲸从船尾冲过，径直冲出老远。因为反应迟钝，暂时转不过身来继续攻击，狂暴地在水里沉沉浮浮。铭泰从舱里找出一支强弩，咬紧牙关，瞄准蓝鲸的眼睛直射过去。

“嗷！”蓝鲸猛地向上一蹿，似乎被射中了。也许是伤口大量流血，鲨鱼和虎鲸蜂拥过去，你一口我一口地将蓝鲸撕得稀烂，海面转眼一片猩红。大家看得手脚都软了。

魏清呆呆地看着鲨鱼和虎鲸吞噬蓝鲸，忽然跳起来绕着船体来回跑，看看船体有没有破损的地方。太阳从浓云中探出头来，把强烈的阳光倾泻在船体上。魏清跑着跑着，忽然头一晕，接着脚也一软，神智在这一瞬间似乎也有点儿模糊。

这种感觉很熟悉……难道说是……

魏清猛地从地上爬起来，扒着船舷，死命地往下探头。

“天哪，你干什么？”约翰以为她要跳海——她的姿势也活像要跳海，赶紧把她从船舷上拉下来，“你不是神智出问题了吧？”

“看到了，”魏清紧抿着嘴唇，眼中闪着凄厉的光，“原来是那块宝石……它卡在船体的裂缝里……大概是它的光被水折射……让这些鱼全都疯了！”

众人大骇，半晌说不出话来。这宝石的力量这么强大吗？

这块宝石之所以能引起这么大的祸端，除了它的力量非常强大外，还因为鱼类的感觉比人类灵敏。然而最重要的是，任何生物的情绪都可能被别的生物的情绪感染。当一条鲨鱼被宝石的力量影响变得狂躁之后，它的情绪就会影响到其他的鱼类——至少是它的同类，但一群鲨鱼的情绪变得狂躁之后，就相当于一个巨大的感染源，和宝石的力量一起影响其他鱼类。现在受影响的鱼类越来越多，再加上宝石的力量，“感染”的力量只会越来越大，现在只是引来了一头蓝鲸，天知道之后会引来多少蓝鲸，或是其他什么东西。

“必须想办法把宝石弄出来。”铭泰蹒跚着走到舷边，咬着牙说。

魏清拔下长剑，朝宝石拨去，尽管竭尽全力，仍和宝石差了老大一截。一条鲨鱼见魏清探头，跳起来就咬，竟差点儿咬到剑尖。

约翰赶紧扶住魏清。铭泰也下意识地抽动了一下，却终因为腿伤而慢了一步。

魏清收起身子，脸色因惊慌和恐惧而变得灰白：“这可怎么办？又不能晃晃船身把宝石震下来。”

铭泰脸色铁青地看着宝石所在的地方，从牙缝里挤出了一句话：“看来只有找个人下去，把宝石撬下来了！”

“这怎么行？”魏清一惊，回头见水手们都是脸色灰白，纷纷后退。卡着宝石的地方就在水线上面，谁到那里都可能被鲨鱼撕成碎片！

“我去吧。”约翰淡淡地说。他说话的声音虽然很低，但在大家听来不亚于炸雷响了一声。

铭泰的脸猛地僵住了，盯向约翰的眼睛。约翰不以为然地和他对视，他们都没有说话，大家却分明觉得两个人之间掀起了一阵无形而又无声的暴风雨。

“他不能一个人去。”铭泰平静地说——他竟把那么强烈的情绪动荡瞬间压了下去，若无其事地继续说，“得有一个人保护他。”

“只要一个人保护他？可行吗？”魏清的脸色灰白，声音也沙哑——她简直无法面对这种局面：约翰要做这种危险的事情一定是为了她。当然，也可能是因为她不能给他未来，赌气而已。她该怎么办？阻止他吗？那他一定会更伤心、生气，甚至会觉得受到了侮辱。可是她又怎能任由他去冒险？

“是啊，一个人。”铭泰沉着嗓子说，嘴角微微地颤动——刚才他固然装得很好，现在这个小小的破绽却说明他心里其实是汹涌澎湃，“现在他只能踩绳梯下去……绳梯上最多只能踩两个人……”

“一个人怎么保护他？”魏清有些怒了：虽然她知道铭泰无恶意，但就是忍不住发怒。

见魏清如此，铭泰的脸色也变了，但仍很镇定：“这事听起来很危险、很困难，但并不是办不到。你应该知道，一夫当关万夫莫开的道理。”

“现在到哪里寻这种猛士……”魏清话说了一半，忽然省悟，“我明白了，你是说……”

“是啊，”铭泰接着就说，眼睛闪闪发光，“鲨鱼虽然多，但不能一下子全部拥上来。每一次只能有一条鲨鱼从一个方位发起攻击。而且鲨鱼被杀死后会阻塞其他鲨鱼的进攻，说不定还会吸引它们一起分食它。再说撬宝石不是一件很麻烦的事情，也许只需要一瞬间。只要找一个沉着冷静、身手敏捷的人和约翰一起下去，在约翰撬宝石的时候及时杀死扑上来的鲨鱼，便可以全身而退。何况我们会用弓箭在舷边支援他们。”

“好……就这样办！”魏清点了点头。她这边点头，那边水手却又后退了一步。说得轻巧，这任务依然非常危险。谁愿意当这个冤大头？

没想到魏清根本没朝他们看。只见她撕掉裙摆，绑起裤腿，拔出长剑，看看剑刃，然后潇洒地一甩头发：“约翰，我和你一起下去！”

约翰和铭泰都呆了。魏清微笑着看着他们，目光无比坚定。她现在只知道，约翰对她这么深情，她不能负他。她既然不能给他爱情，至少要跟他生死与共！

“这怎么行？”约翰急了，“我下去全是为了你！要是你有个三长两短，我岂不是白下去了吗？”

“就算是动物，也不会在朋友为自己拼命的时候袖手旁观！”魏清斩钉截铁地说，“再说，如果你为我而死，我就算活下来，也会惭愧得自杀！”说到这里她的声音沙哑了，盯着约翰的眼睛，一字一顿地说，“因为你的情我还不起！”

约翰一惊，脸猛地变得铁青，接着由青转红，由红变白，最后释然了，狂傲地一笑。魏清笑着叹了口气，偷瞄了一眼铭泰。刚才那些话她虽不是刻意说给铭泰听的，却忍不住想看看他是什么反应。

铭泰的脸色木然，仔细一看却能看出他在竭力压制情绪——从他的表情看，他心里的情绪一定像喷涌的岩浆一样炙热激荡。

魏清偷偷地叹了口气，眼角爬出一滴米粒大的眼泪，装作捋头发，迅速地抹掉它。然后叫水手拿来绳梯，率先往下爬。

“你干什么？”约翰一惊。

“我要保护你啊。”魏清淡淡地说，“我必须得先下去。”

“说什么傻话啊。我刚才就决定了，”约翰把魏清扯上来，自己跳下去，“我怎么可以叫女士做更危险的工作！你去撬宝石，我来负责防御！”

“好。”魏清凄然地一笑，下意识地看了铭泰一眼。他的脸已经变成了灰白色，却依旧神色木然。魏清整张脸都抽动了一下，头也不回地跟着约翰爬下绳梯。

不知是不是上天有了感应，天迅速地阴了下来，浓重的黑云漫天涌起，遮住太阳，里面似乎电光闪闪。风更是呼啸地刮起，把帆吹得满满的——暴风雨就要来了。

约翰和魏清还没到宝石所在的位置，就有几条鲨鱼扑了过来。约翰紧咬牙关，几剑将扑上来的鲨鱼斩死，接着跟扑上来的鲨鱼搏斗。因为牙咬得过紧，他的腮边凹下了两块，表情更是紧张到快要崩溃的神情，却也出奇地宁静。

魏清在他的掩护下快速下到宝石旁边，正要去撬，忽然又感到头一晕：糟了，又被宝石的力量影响了！

为了不让自己再度陷入癫狂，她赶紧虚了眼睛，举刀去撬。然而虚眼时准头就拿不好，她一刀撬了个空，想要找点儿准头，却又不敢正眼看宝石。然而现在的每一秒钟都可能决定生死，容不得她磨磨蹭蹭。她只有凭着感觉，对着宝石乱撬，却怎么也撬不到点子上。

那边约翰已是险象环生。他好不容易将扑上来的鲨鱼都打退了，却发觉魏清那边丝毫没有进展，忍不住朝她瞥了一眼。然而就在他一闪神的工夫，一只鲨鱼张着大口扑了过来。等他转过头的时候，鲨鱼已经扑到了他的面前。

约翰的脑中立即一片空白，却本能地做出反应。他运剑往上一刺，从鲨鱼的下颚刺了进去，又从头顶穿出来，顿时要了它的性命。他刚把剑拔出来，又是一条鲨鱼张着大口扑了过来。他想都没想就朝鲨鱼的大口刺去。“哧”的一声，长剑直捅入肚，因为用力过猛，他的手臂也没入其中。鲨鱼剧痛，猛地咬下来，却在牙齿咬到他的手臂时力尽而死。只听“刷刷刷”几声，又是几条鲨鱼朝他扑来。约翰仓促之间拔不出剑来，只好把死鲨当武器，朝鲨鱼们砸去。死鲨甚重，任他臂力甚大，还是差点儿站立不稳。只听“咔嚓”几声，死鲨身上几处都被咬得见骨，一股股的鲜血喷了出来。

魏清虽然没有回头，但仍察觉到约翰遇险了，撬得越发急了。

“咝咝啦啦……”约翰手上的死鲨转眼就被撕得稀烂，碎肉和碎骨簌簌地往下掉。不过幸亏如此，约翰握剑的手臂才得以挣脱出来。然而还没等他完全挣脱，又是几条鲨鱼朝他扑了过来。

“刷刷刷”几支羽箭及时射下，全都射中了鲨鱼的顶门。鲨鱼们立即毙命，掉回去砸到同类的尸体上。

魏清终于把宝石撬掉了！她虚着眼睛，用力把宝石扔向远方的海中，同时竭尽全力地大吼一声：“快走！”

约翰赶紧和她一起往上爬。鲨鱼们见到口的美食将要逃走，纷纷跃高狙击他们。舷边的人赶紧放箭，把鲨鱼全部射下。魏清和约翰咬紧牙关，拼命地往上爬，很快便离舷边不远了。

他们只顾着往上爬，全都没有注意上面的情景。铭泰正拉着弓箭，对准他们的身后的方向，也可以说，是对准了他们。刚才一直是他在指挥放箭，目光也从没有离开魏清和约翰。好一对生死与共的男女啊！好一幅令人荡气回肠的景象啊！这时候，如果说他们是爱到极致的爱侣，恐怕都没有人不信。如果他们能爱到极致，当然最好。这样他铭泰就可以静静地退出来，不沾惹丝毫的麻烦……可是问题是，他不能容忍他们相爱！看他们生死与共、同甘共苦，他的心里，简直像有无数条毒龙在咬噬！他简直希望约翰死在海里！

他觉得自己愚蠢死了，也卑鄙死了，但就是无法克制自己的嫉妒情绪。看着约翰和魏清即将爬上来，眼看就要脱险，心里更加痛楚。约翰这次脱险之后，魏清一定会对他另眼相看，难保不会对他移情，然后慢慢地爱上他，渐渐地爱约翰胜过他……

忽然，他发现，自己已经将弓箭对准了约翰。他被自己的行为吓坏了，想把弓箭挪开，却发现手根本挪不开。相反，他手上和臂上的每一条神经都在躁动，在催促他……放箭！

也许是心灵感应，约翰抬起头来，看到铭泰正用弓箭对准他。约翰非常惊骇，也惊慌了片刻，但很快便平静了下来。他仰着头，一边往上爬，一边目不转睛地看着持箭的铭泰。铭泰觉得他眼中有一种东西很是刺眼，接着胸前便像被什么人重重地打了一记，心里的那些恶念全都灰飞烟灭了，把弓箭重重地扔到地上。他和水手们一起把魏清拉上来——他有腿伤，怕自己拉不住魏清。等约翰上来的时候，他竟也拉了他一把。

约翰对他忽施援手也是惊诧。铭泰低下头来，不看他惊诧的目光。约翰的目光忽然变得深沉，朝他意味深长地一笑。魏清上来后先是喘了口气，接着便冲向舷边——她现在的注意力全在海里的恶物上面，并没有发现这两个男人之间发生的事情——也幸亏她没发现，如果发现了，她心里恐怕会更加纠结吧。

“它们怎么没反应？”魏清见虎鲸和鲨鱼们还聚集在船下，焦躁地大声说。

“鱼类的感觉也许稍微迟钝一些。”铭泰走到舷边。

“等等，这是怎么回事？”约翰走到舷边，忽然发现鲨鱼少了很多，转眼间竟全都看不见了。

“消失了吗？”他失声说，却见水下隐隐有白影在动，赶紧改口，“不是！是沉下去了！”

“哦，它们在追那块宝石！”魏清恍然，又见船前的鲨鱼也不停地朝宝石沉下去的地方游，船前稍微松了一些，赶紧命水手开船。

天黑下来了，风呼呼地吹着，海浪肆虐地翻涌着。魏清的船鼓满了帆，朝鲨鱼群外冲去。不停有鲨鱼被船体撞到，但它们全像没有感觉似的，只顾着朝宝石沉下去的方向游。从船上看，就像无数若隐若现的白点朝一个点扭结集中，说不出的诡异和恐怖。

魏清的船终于冲出了鲨鱼的包围圈。大家此时才敢松口气，远远地朝鲨鱼群张望。

“咔！”一道惨白的闪电划过天空，豆大的雨点砸了下来。

鲨鱼和虎鲸聚集的中心忽然大浪翻涌，似乎它们开始剧烈地撕咬。渐渐地，大家看到一大团鲜血从那里扩散开来，晕染一般染红了海面。鲜血所到之处，海浪立即翻涌，转眼整个鲨鱼群都互相撕咬起来！

大家都抽了一口冷气，加紧驾船逃跑，忽见一个光点冲天而起。是那块宝石被虎鲸甩了上来！

“咔！”一道闪电忽然劈下，正中白点。

“砰！”白点爆炸了，散出无数细小的光点，映着闪电的光，竟在空中映出一片光雾。

大家忽然觉得眼前一片空白，脑中竟感到一阵眩晕。

“大家都坐下来！什么都不要做！”魏清赶紧大吼，“等到脑中完全清醒后再站起来！”她怕宝石的光仍会对大家产生影响。

大家赶紧坐下，屏声静气，一动都不敢动。船顺着风向自己航行，还好没有撞上什么。过了一会儿之后，魏清觉得大家应该都没事了，才让大家站起来，短暂地问询之后，让大家各忙各的——现在还没空抚慰心灵，在暴风雨中航行也是很危险的。

暴风雨越下越大，雨点渐渐密集得几乎要连成一片，天也像墨染的一样黑了下来，风更是刮得人站不稳。大家都慌了神，在航行时遇到这种天气不亚于靠近了鬼门关。虽然不如刚才的情况凶险，但也很令人忧惧。

天越来越黑，海面也变得漆黑一片，海天相交之处竟似没了界限，大家只能在电闪雷鸣之时才能分辨出哪里是海，哪里是天。

“天哪，我们不是到世界的尽头了吧？”一个水手惊恐地说。

“别开玩笑！”魏清烦躁地呵斥他，赫然发现他已经脸色苍白，双眼像死鱼般地凸着。天哪，他不是在开玩笑？真以为自己到了世界的尽头？他也算是身经百战，历经千航的老水手、老海盗，怎么会这么胆怯失措？有人说人在受过大惊吓之后会格外胆怯，他大概是被刚才的鲨鱼群吓坏了吧？

魏清慌忙四顾，赫然发现水手中有一半人的神情都和他差不多，估计都已被吓得肝胆俱裂了。

“别慌张！只是场暴风雨而已！”魏清飞快地穿过甲板，大声喊话，“我们才航行没多久，怎么会到世界的尽头呢？”

大家的情绪也稍作平稳，魏清松了口气，忽然有些发晕。此时她才发现自己身上早已湿透，被风一吹，简直冷得无法忍耐。

“你还好吧？”她感到自己被人扶住了，向左一看，发现是约翰。他的脸也被雨淋得苍白，金发散乱地贴在额头上。

魏清心里一热，却深深地低下头去：“还好……真是很奇怪，接连碰到了两件蹊跷事……”

忽然，她感到有两道目光射了过来，慌忙转头，发现铭泰正站在不远处看着他们，看她转头慌忙把目光移向别处。

魏清的眉头紧紧地皱起，又飞快地展开。她佯作无意地推开约翰的手，微笑着朝铭泰走去："你怎么不找个地方避雨？伤口被淋着了怎么办？"

约翰的脸僵了一僵，悻悻地转过头去。魏清这个行为无疑是告诉他：她的真心还和以前一样！

约翰走到船头，想看看海浪里有没有夹杂东西——这点也不可大意，如果海浪里裹着坚硬的东西，撞到船体上可不是闹着玩的。忽然间，他觉得有些不对，前后左右这么一看，顿时惊叫出声。

魏清被约翰这声惊叫打断了，魏清以为他是故意打岔，仔细一看却发现他果真惊骇得瞪大了眼睛，赶紧走过去："怎么了？"

"你有没有发现，"约翰的蓝色双眼因惊惧而显得格外淡浅："你有没有发现，船行得过快……不，是越来越快！"

经约翰提醒，魏清立即觉得船快得有些离谱，赶紧朝帆望了望："是因为风大吗？"

"不见得。"约翰看了看船下，声音竟然沙哑了，"不……像是海水把我们往前面吸……这感觉，简直是处在瀑布的边上！"

"瀑布的边上？"魏清一惊，举目远眺，却被雨水打得睁不开眼来。她怔了怔，跑回船舱拿望远镜。海里怎么会有瀑布？开什么玩笑……可是这种感觉，的确像是处在瀑布边上！

魏清冲进船舱，刚拿起望远镜，就听到外面惊叫连连。她赶紧往外冲，竟发现自己趔趄着站不稳。船已经快得如同脱弦之箭……

魏清趔趄着冲到船头，用望远镜一望，赫然发现远处有一处深渊，海水正向下急泄，而他们的船，正笔直地朝深渊冲去！

“天、天哪……”魏清软软地坐倒在地，“这里真是世界的尽头？”

“什么？”约翰和铭泰正站在她的身边，一听这话都觉得匪夷所思，“世界的尽头？怎么可能？”

魏清没有回答他们，呆呆地盯着海天相接之处，喃喃地说：“古人有云，天圆地方。极北之处有深渊，海水泄而充之，万年不满……船只海兽，一旦到此，无不掉落……”

“什么？”铭泰听魏清说的话匪夷所思，更加急了。约翰不知道魏清文绉绉地在说什么，更加着急。

魏清没有说话，只是把望远镜递给他们。铭泰看过之后也是骇然不语，约翰看了之后呆怔了片刻，接着气急败坏地大叫起来：“这不可能！不可能！”

“还是赶快想办法逃命吧！”魏清忽然跳起来朝舵边跑去。虽然刚才那情景吓得她几近晕厥，但求生的欲望还是让她立即行动了起来。她冲到舵边，一把推开舵手，用力扳舵，同时对水手大吼："快把帆放下来！下锚！"

水手们都已如行尸走肉，被她这么一吼，想都不想就照办，行事倒也利落。水手们很快就把帆放了下来，把锚重重地抛下去。船有了片刻的迟滞。满船人都屏住呼吸，你看看我，我看看你。

"咔！"船身忽然重重地晃了一下，接着又飞快地朝深渊滑去。众人失声惊叫，四散奔逃。

"大家都别慌！当心落水！"魏清声嘶力竭地喊着，用力地扳着舵。她这点儿困兽之斗毫无用处，眼见船就滑到了深渊的边上。再过片刻，船体已滑出渊边一半，摇摇晃晃地，即将向下坠落。魏清大着胆子往渊下一看，只见深渊深不见底，海水泄下去就没了踪影。魏清的身体剧烈地颤抖了一下，她下意识地往船尾跑，忽然感到船体猛斜，接着便天旋地转——船掉下去了！

猛然间，魏清觉得眼前一片漆黑，身体也失去了依托，觉得自己正向无底的黑暗中坠去。她张口想叫，却发现自己根本出不了声，胸口也涨得像要爆炸，接着便什么都不知道了。

不知过了多久，魏清幽幽地醒来，发现自己正躺在甲板上。船体稳稳地浮着，周围则风平浪静。魏清狐疑着站了起来，发现周围一片平静，只是天色有些暗。魏清朝桅杆、船舷等处望去，发现船体没多少损毁。魏清心头一喜：没想到从那么高的地方掉下来，船体也没多少损坏——啊，不对！

从那么高的地方掉下来，怎么会没有损坏呢？她刚一动念，忽然就觉得眼前一花。再定睛看时，赫然发现船上杆倒桅损，一片狼藉，毁损得甚是厉害。

“哎呀，你看这船跌得……”此时水手们纷纷起身，看着残破的船体，惊呼连连，“简直报废了！”

“很不错了！”有人粗声提出异议，“从那么高的地方掉下来，不散架已经很难得了！”

“我们应该谢天谢地了！如果这船散架，我们哪还有命啊？”

约翰迷迷糊糊地站起来，看着魏清脸色铁青地站在那里发愣，以为她是为船体受损而伤心，赶紧走过去安慰她：“别泄气……船体虽然受损严重，但也不是不能修……”

魏清没有搭话，用力地咬住了嘴唇。之后大伙清点人数，满船人等，竟然一个不少。大家大呼庆幸，魏清却一声不吭，她觉得这件事很蹊跷，简直难以解释！

之后大家便开始检修船体。船被海水推着，慢慢地向东行驶，大家一时也顾不了这个。魏清抱膝坐在甲板上，皱着眉头苦苦思索。这不对……不对……不对啊！

“啊！怎么起雾了？”一个修补船舷的水手讶异地站起身。

“咦？”大家这才注意到身边已经满是雾气。这里的雾和平常的雾不同，更浓更深，似乎还闪着淡淡的荧光。

“那是什么？”一个水手忽然像见了鬼一样尖叫起来。

大家往那边一看，顿时倒抽了一口冷气。只见船的正前方有一个黑洞——本来天色就够黑了，它比天色更黑，简直是黑得像个漩涡。云朵在它旁边围成了一个拱形，云朵里似乎隐隐还有电光流窜。雾正是从黑洞里飘出来的！

“天哪，那又是什么东西？”铭泰惊讶地自言自语着，脸色青得几乎要滴出水来。

“船正自己往那边去呢！”一个水手惊叫。

“快下锚！”魏清“刷”地站起来，大声喝令。

水手们把锚扔下去了，竟如泥牛入海，不知道到哪儿去了。船停都没停，继续朝黑洞那边驶去。水手们顿时鬼哭狼嚎起来——他们本不至如此胆怯，但之前受到的惊吓实在太多太大，现在已近崩溃的边缘。

“别慌！大家拔剑！”约翰大吼道，“不管黑洞里有什么，和它们决一死战就是了！”

大家犹豫着拔出武器，转眼间船已经驶进了黑洞。里面倒不像大家想的那样黑，只是雾气重重，如梦似幻。

“这里……该不会是阴间吧？”一个水手忽然说。他的脸已经变成了灰白色，眼神也呆怔怔的，就像被人抽走了魂魄。“有人说，世界的尽头就是阴间……我们该不是到阴间了吧？”说完，他忽然坐倒在地号啕大哭起来，“我们该不会是……活生生地死了吧？”

“别胡说！”魏清赶紧呵斥他，“我们不还好好地站在这里吗？身上也有血有肉……怎么可能死了呢？”

“有血有肉又有什么用？死了就是死了！”那水手竟然索性在地上打起滚来，“我们有血有肉地到了阴间，该不会惹来其他鬼魂的嫉妒……过来把我们身上的肉啃光吧？”

魏清被他说得心头一凉，赶紧大声呵斥他：“不要再胡说八道了！什么鬼魂啊，你们看到过吗？亏你还是男人……你不觉得羞耻吗？”可是无论她怎么呵斥，都无法盖过他哭号的声音。他在地上滚来滚去，哭号之声乱人心魄。大家看着他，渐渐也变得惊恐慌张。恐慌的情绪就像病毒一样在船上快速扩散，感染船上的人。魏清狠狠地拔出长剑，又推回去。她真想把这个搅乱人心的家伙斩首示众。虽然她知道自己不该这么冲动……但他那欠砍的样子……真让她想冲动一次！

“啊！那是什么？”一个靠在舷边的水手惊叫起来。他的声音支离破碎，又剧烈地颤抖着，就像枯叶被狂风撕碎吹散：“水里有什么！？好像是……人的灵魂！”

大家呼啦啦地拥到舷边，往水里看。

“雾里也有！”又有一个人朝雾里一指。大家有的往水里看，有的往雾里看，渐渐变得更加失魂落魄。

“娘啊……您老人家可好？”一个水手忽然流着泪开了口，他的声音阴惨惨的，令人不寒而栗，“儿子不孝，没能好好地照顾您……听爹说您临死前不停地叫着我的名字，就想见我一面……可我这个不孝子当时正在海上干活，硬是没能回来见您最后一面，儿子不孝啊！”说到这里，他泣不成声，就像真的见到了自己的老娘。他哭了一会儿，忽然站起来就往船舷上爬：“娘啊，别怪儿子，儿子这就来陪你！”

站在他旁边的人吓坏了，赶紧去拉他，没想到刚拉住他，自己也恍惚起来：“啊，媳妇儿……你来了……”

此时船上诡异的呻吟呼号之声大作，很多人都说自己在水里或雾气里看到了死去的亲属，失魂落魄地朝那里踮脚观望，甚至还有人要往水里跳。在这可怕的氛围中，铭泰也未能幸免。他呆呆地凝视着雾气，眼睛瞪得几乎要凸出来，脸上的肌肉也在不停地扭动，不知道看到了什么。约翰害怕自己也会看到什么，赶紧闭紧眼睛，却觉得雾气缓缓地流进了自己的心里，里面正有人形慢慢凸显……

魏清脸色铁青地看着这一切，忽然冲进船舱，拿出上次从魏渊那里缴获的火枪，对天放了一枪。

这个声音异常响亮，大家都吓了一跳，连一直嚷着要跳海的人也安静了下来。

“大家都坐下！闭上眼睛！”魏清大喝，“这些都是幻觉！”

“幻觉？”铭泰如遭雷击般全身一震。

“幻觉？这怎么可能？”约翰不敢相信自己的耳朵，“这不可能啊，我们大家不是都看到了吗？”

“统统都是幻觉！”魏清一字一顿地说，“如果真有鬼魂……为什么我们互相看不到对方亲属的鬼魂？那是因为我们不认识他们，心里没有，所以看不到！还有就是我刚醒来时看到船并没有受什么损害，可是我觉得它不该没受损，之后就发现船体受损了……证明我们是受了蛊惑，心里想到什么就会看到什么。仔细想想，从看到深渊开始，我们不都是听别人提过什么才看到什么的吗？包括这些所谓的幽灵……不也是经别人提起才看到的吗？这是幻觉……是宝石爆炸时的光……让我们有了同样的幻觉！”

魏清说得没错，他们是遭遇了集体幻觉。所谓集体幻觉，就是一群人在惊慌失措、处于同一意识时集体产生的同一幻觉。人的脑波可以对其他人产生影响，所以当一个人惊慌失措的时候，可以对其他人的情绪产生影响。只要足够惊恐，即使不说，也能给其他人产生心理暗示。如果一个集体都处在惊恐之中，就会产生巨大的能量，足以挟裹很多人的思想。船员们屡遭惊吓，早已濒临崩溃，宝石的光芒又扰乱了他们的心智，再加上那些想象力丰富的人不停胡思乱想，便让他们被动地产生了相应的幻觉。魏清本想按照老办法，让大家伤肉见血，以疼痛来驱散幻觉，但想到大家虽然看到了幻觉，但心智并没有癫狂，用伤肉疗法未免过激，说不定还会引起哗变，所以准备先让大家集中精神，平心抚智，如果不行再作打算。

水手们大惊，有的人纪律性好，立即坐下来安抚心智，糊涂的人却仍在叫叫嚷嚷。魏清倒过刀柄，二话不说，过去把他们统统敲晕。他们晕倒在地后就昏睡起来。铭泰和约翰心里虽然仍很糊涂，但都愿意相信魏清的话，坐下肃清杂念。魏清见众人都安静了下来，这才松了一口气，觉得浑身的骨头都轻松了不少。轻松了之后便觉得疲惫难耐，躺在甲板上睡着了。

魏清再度醒来时，第一眼看到的就是傍晚的天空。被阳光染成橘红的云霞静静地挂在空中，几只海鸥悠闲地飞过。她用力地闭了闭眼睛，屏住呼吸看船上，发现船体并没有遭受损害，倒有不少船员被幻觉所扰时，糊里糊涂给船上的“受损”处钉上了铁皮。它们大部分只被钉了一半，歪歪斜斜地垂着，倒有几分滑稽。船员们都安安稳稳地在船上睡着，脸色恬静，呼吸平稳，倒像是经历了一场狂欢，大醉而眠一样。

魏清站起来，觉得身上的衣服有些湿润，用力捏了捏衣襟，发现里面似乎有些湿气。哦，看来下暴雨时他们看到的是真的。之后便因蛊惑的力量和同伴的暗示，滋生了那一套可怕的幻觉，差一点儿便全军覆没。魏清回想着刚才的情景，后怕地叹了口气，下意识地朝铭泰看了看。铭泰一怔，假装没看见她，转过身向一个虚弱的水手嘘寒问暖。魏清的脸色立即暗淡下来，垂下头深深地叹了口气。约翰一直在偷偷看她，见她如此，脸色也如墨染般暗了。一般来说，生死劫难可以化解朋友之间的任何嫌隙，但在爱情惹出的嫌隙面前，却常常无能为力。

之后的几天，魏清、铭泰和约翰三个人都无话。等到快到下一个目的地的时候魏清才出来打破这种局面。在踏上下一个岛屿之前，他们必须相互通个气，才能在遇到危险的时候一致行动——这里的每个岛屿都充满危险，简直可以称得上鬼域魔境。

下一个岛屿上没有“钥匙”，但是他们必须在上面停留。他们的淡水不够了。按照惯例，魏清带着铭泰和约翰和几名船员，上岸找水。这里的沙滩松软温暖，在阳光下闪耀如金沙。魏清刚一踏上沙滩就觉得心旷神怡。铭泰之前一直眉头紧锁，踏上这块沙滩后脸色也稍微缓和了一些。然而片刻后他的眉头又锁紧了。沙滩上有一串很新的脚印，一直通到沙滩边的树丛里。

“看来有人先到了。”魏清弯下腰看了看这串脚印，“海水刚刚退潮……这应该是刚才才踩出来的……”

“会不会是这里的土著？要么是往来的客商？”约翰说。

“不一定。”铭泰看了看四周，“如果是往来的客商，那他们的船呢？”

“哈哈哈……哈哈哈……”远处忽然传来了一阵凄厉的笑声，把大家都吓了一跳。

“嗖嗖嗖……”一个人从树丛里钻了出来，摇摇摆摆地朝这边走了过来，一边走一边笑。大家还在诧异，铭泰却已经拔出了刀子，径直朝那个人冲了过去。

“哎？你干什么？”魏清赶紧追了上去。

铭泰冲到那个人面前，把刀架在了他的脖子上。那个人丝毫不惧，呆呆地看着他傻笑。

“你干什……”魏清冲到铭泰身边，赫然发现他双眼发红，就像见到了仇敌。

“啊！”魏清惊叫了出来，“你怎么了？”

“他们是来追捕我的人！他们怎么会找到这里来的？他们应该没有这部分的图啊！”铭泰咬着牙说，既像在对魏清说又像在自言自语。

魏清一惊，朝那个人仔细看了看。那个人一身锦衣，衣衫已经破烂，腰间挂了一块金牌。魏清把那块金牌扯下来看，发现上面刻着一只长着翅膀的猛虎。

“你们是怎么找到这里的？快说！”铭泰用力把刀压向他的脖子，他的脖子上立即被压出了一道血痕。

那个人仍然没有害怕的样子，继续嘻嘻哈哈地傻笑：“我一直都在这里啊……我一直都在这里啊……”

“你别装傻！”铭泰的额上暴出了青筋，用刀在那人的脖子上一划。那人的脖子上顿时流下了鲜血。

“你别冲动！”魏清赶紧阻止他，“这个人好像傻了……”她注意到他的脸上充满黑气，领子上沾着金黄色的花粉，立即省悟他可能是中了什么毒花的毒，赶紧把铭泰往后拉：“他肯定是中了毒……他身上还有毒花粉！”

铭泰没有后退，单手拉起衣襟捂住口鼻，继续逼问那人：“你的同伴呢？他们都在哪里？”

“他们在花丛里啊……就在那边山坡上，好多黄花，好漂亮……”那人傻笑着，嘴边流下了长长的一道口水。

铭泰飞快地想了想，一刀结果了他。魏清小声嘀咕：“他已经疯了，你这又何必……”但见他脸色严峻，也不敢多话。

铭泰弯腰在那人身上擦了擦血，郑重地对魏清说：“大当家，你们先去找水，我要到那片黄花里看看。”

“那里是毒花丛，你去那里干什么？”魏清皱着眉头说。

“我要看看我的亲友是不是又有人被他们抓来了！”铭泰脸上的肌肉剧烈地颤抖了一下。

魏清重重地叹了口气，转身招呼其他人过来：“我不放心你一个人去……我们跟你一块儿去吧！”

黄花丛就在山坡向阳的面上，颜色鲜丽，如烟如波，盖满了山坡，果然很美。一有风吹来，黄花的花粉就像烟雾一样漫起，飘得满天都是。魏清叫大家用衣襟遮住口鼻，小心翼翼地走进花丛。

“啊！”魏清刚走进花丛就踏到了一具尸体。这具尸体血肉模糊，竟是被人乱刀砍死的。

众人凛然，纷纷拔出了刀斧。

“嘻嘻嘻……”一阵凄厉的傻笑声传来，一个人蹦蹦跳跳地跑了过来，一屁股坐倒在他们面前，花样百出地玩着手中的东西。

众人仔细地朝他手中一看，顿时倒抽了一口冷气：他手里玩的是一把染满鲜血的刀子！魏清朝大家使了个眼色，大家拿刀对着他，试探着朝他走近。那人毫无反应，任由他们把刀伸到他的面前，仍旧只顾玩他的刀子。

“看来他已经傻得不会伤人了。”魏清皱着眉头说，带着大家从这人身边绕了过去。刚往里走了几步，他们又发现了几具尸体，也是血肉模糊的，看来这里曾经发生过大的械斗。

魏清觉得其中一具尸体有些面熟，仔细看了看后顿时“啊”地叫了出来。

这是一具女尸，就是之前那只“碰巧”飞到她船上的鹦鹉的主人。原来那艘超过他们前行的商船就是追捕铭泰的人所坐的船。看来他们因为不慎弄丢了鹦鹉，估计会被魏清发现行踪，为了不引起魏清他们的怀疑，干脆冒险超过他们，到下一个目的地去等他们。估计他们是想去下一个有“钥匙”的岛屿上伏击他们，而来这个岛屿只为找水，没想到着了毒花的道儿。

除了血肉模糊的尸体外，还有很多嬉笑着疯玩的人，他们大多都拿着鲜血淋漓的刀子，身上也沾满鲜血。看来人中了花粉的毒之后会先互相残杀，活下来的人被花粉进一步毒害，最终变得幼儿化，就像他们刚才看到的那个人一样。

“这里竟然有这么可怕的植物，海盗王为什么不把它在藏宝图上标出来呢？”魏清感到很费解。

“海盗王绘下这地图已经是几十年之前的事情了。大自然变化的速度极快，也许这些毒花是在这几十年里才长出来的。”约翰思忖着说。

“大概是这样吧……”魏清点了点头，随口对铭泰说，“你也这么觉得？”

铭泰并没有应声，魏清略带嗔怪地朝他看过去，发现他正一脸紧绷，仔细地辨认自己看到的每一个人。他终于确认花丛里的死人中并没有他的亲友，却没有就此罢休，继续在岛上搜寻起来。

“你在找什么？”魏清追上他。

“他们走了。”铭泰皱着眉头看着海天交接处，“来的不止是那些人。因为这里没有船……如果他们在这里全军覆没，他们的船肯定会留在海岸边……”

魏清想了想后觉得他说得有理，心事重重地咬了咬嘴唇。没想到追捕铭泰的人手里还有其他图纸。她无法确定他们手中还有多少图，只能暂时往最坏处想了，假如他们拥有全部的图纸，麻烦就大了——这代表他们的整个寻宝路线上都可能潜伏着莫测之敌！

但是他们究竟面临了怎样可怕的敌人呢？他们为什么千方百计要来阻挡自己，或者真如铭泰所说，是他的仇人？但是如果仅仅是仇人的话，铭泰为何将自己的一切隐瞒得如此之严密？他究竟害怕什么呢？

魏清实在不想继续猜想下去，她多么希望铭泰能清清楚楚、明明白白地告诉自己一切。

魏清忍不住又望向铭泰，铭泰此刻仍紧皱眉头，一边在海岸的各个方向上搜寻，嘴里一边嘀咕着："没有船，一条船都没有，他们全都撤退了，但是他们会在什么地方等着我们自投罗网呢？"说着说着铭泰突然冷笑起来，然后咬牙切齿地说："想抓我，还没那么容易，我不会像其他兄弟那样束手就擒的，你的算盘打错了！"

铭泰就这样反复无常地站在海岸边，身后不远处的草丛间满是中毒后神魂颠倒的人，海盗们从他们的身边经过，匆匆地赶往自己的船上。魏清望着这一切，感到毛骨悚然诡异，她曾经听魏天华说过，最大的危险就是不知道自己的敌人在哪，而最可怕的危险更是，不知道自己的敌人是谁。

铭泰还是站在岸边一动不动，魏清轻轻走到他身后，然后轻轻地拍了拍他的肩膀，铭泰的身体明显地颤抖了一下，然后他慢慢回过头来看着魏清，苦笑一下。

魏清突然有一种想把脸贴在他胸口的冲动，但是这时候铭泰说话了："很抱歉将麻烦带给你们……"

魏清看看他长长的低垂的眼睑，说："你何必这样说呢，你是我们中的一员，你的事就是我们的事。况且……况且我……"魏清微红着脸，低头不再说下去，铭泰则更是连脖子都红了。

就在这时候，铭泰发现岸上的海盗已经几乎走光了，他看着魏清说："此地不宜久留，我们赶快离开这个地方吧。"

第十三章

不得不说的秘密

“奴才见过七少主。”主将走到铭泰面前，躬身行礼。他的声音异常柔细，一点儿都不像练武之人，而且尾音也已沙哑沧桑，似乎年纪已经很大，下巴却连一根细须也无。更奇怪的是，他肌肤细腻，眉淡眼秀，只有眼角有几条皱纹，如果不是身着甲胄，魏清说不定会把他错认成一个中年妇人。

“大当家，这下麻烦了。”公孙复忽然对魏清说。公孙复之前就是魏清的得力手下，在这次寻宝途中表现突出，“这些人手里有藏宝图，还处处抢在我们前面，会不会抢先拿走宝藏呢？”

魏清一惊，脸色顿时变得严峻起来。

铭泰对他的话嗤之以鼻，冷笑着说：“你放心，他们的目的只是抓我，对宝藏根本没有兴趣！”

“这可不见得吧。”公孙复还了一个冷笑，“追捕你的人不管是什么帮派，都是江湖中的人。哪有江湖中的人不喜欢财富的？”

“偏偏他们就不喜欢财富……”铭泰冷笑着还要再说，忽然记起了什么，赶紧住了口。

然而他担心的事情已经发生了。魏清刚才听公孙复说起江湖中人的做派的时候，忽然觉得这些人的做派有很多地方不像江湖中人。深入大海抓人还穿华服，已经很不像江湖中人的做派了，还“只为抓人，不图宝藏”，更加不像江湖中人的做派。他们的做派像什么呢？魏清一时也说不清像哪种人。在心萍的兜肚上看过的银凤忽然又在她眼前闪现，她觉得自己似乎悟到了什么，却又说不清楚。

“大当家，现在情况很严峻，必须尽快找到对策……”公孙复凑上来说。

“现在能有什么对策？”魏清苦笑着说，“只有加快行进吧……不过如果他们很想抓铭泰，一定会在下一个藏有钥匙的岛屿设伏。我们看能不能在那个地方抓住他们，看看他们手里有多少图纸，到底想干什么。”

下一个藏有钥匙的岛屿就在不远处。是一个扇形的岛屿，上面有一个牛头的标志，牛角处画了一个钥匙。魏清有过在大龟背上寻找钥匙的经验，知道这肯定是说钥匙嵌在这头牛的角上。不知道这岛上是仅有一头牛还是有一群，看来他们得满山追牛跑了。再说追捕铭泰的人说不定还躲在岛上伺机袭击他们，看来他们得好好想个对策，才能既扫平敌人，又找到钥匙。

公孙复提的方法最为直接。他提议一把火把整个岛都烧了。把牛和隐藏的敌人全都烧死。至于那钥匙，肯定不是能被火烧坏的东西。他们可以等到火灭敌尽之后再去拿钥匙。

“不可以。”魏清并不采纳他的建议，“如果钥匙是个可以被火烧坏的东西呢？我们可不能因为一点儿失误而前功尽弃！”

公孙复不再说话，魏清深深地叹了口气，狠狠地掐着太阳穴：“看来只有想办法悄悄地潜入，看看能不能不被人发现……”

等到了那座岛的附近之后，魏清命人把船停在和岛有一定距离的大礁石后面，自己带了人乘小船，从岛屿的后部潜入。岛屿的后部地貌凹凸，怪树纷杂，不宜探望，从那里潜入应该比较安全。

岛后面有一截断崖，上面垂下了无数藤条。魏清带着大家拽着藤条往上爬。魏清爬着爬着，忽然觉得藤条上有道怪异的黑色。仔细一看，发现它黑中带红，还有一种淡淡的腥味，似乎是……血！仔细看这道血，似乎是从崖顶上直流下来的。

魏清顿时僵在了半空中。能让鲜血多得顺着藤条流下来，上面一定经过了大的战斗。可是……崖顶上静悄悄的，似乎没有人在。大概战斗的人死尽了或者已经走了吧。魏清仔细想了想，决定冒一次险，带着大家爬上了崖顶。

崖顶上长满了草，果然一个人都没有。但是有一种奇特的氛围，魏清仔细辨认，发现是因为这里有股淡淡的腥臭。如果这里有尸体，腥臭味绝不会如此之淡。有群苍蝇嗡嗡地在一片草丛中乱飞。魏清走过去用刀拨开长草，顿时被吓得打了一个冷战。

草丛里是一堆非常新鲜的骸骨，下面的土里浸满了血。

“这不像是自然腐烂出的……”约翰皱着眉头说，“像是被什么东西……吃光了肉！”

魏清用力地抿了抿嘴。是啊，它的确像是被什么东西啃光了肉。可是这具骸骨上连一丝肉也没有剩下，什么东西会把肉啃得如此干净？而且骸骨上还有一些非常细小的压痕，看起来就像米粒一样。

“这会是什么东西的牙痕呢？”魏清看着那些诡异的牙印，用指节轻轻地敲着下巴。

“像是一种小型食肉兽。”铭泰思忖着说，“这些人大概是因为什么，死在了这里，尸体被这些小东西啃光了。”

魏清一行继续小心翼翼地往树林里走，只凝神提防着可能有埋伏。过了一会儿，他们忽然又闻到了一股浓烈的血腥味。又是几具白骨，躺在血泊里。在人骨的旁边还有另外一些骨头，体型很大，一堆一堆的。

“这好像是牛骨。”魏清看到骨头上带有弯角，兴奋地说，“这会不会就是带着钥匙的牛所在的牛群？我们不会这么好运吧？”

而他们就是这么好运。魏清在一头体型大得异乎寻常的牛骨的角上找到了一个巴掌大的小锚，嵌在牛角的根部，已经磨损了不少。

“哎呀呀，看来这就是‘钥匙’，”魏清笑得花枝乱颤，“我们还真是幸运呢……不过这些牛和人怎么会死在这里啊？”

众人一惊，朝牛骨和人骨看了过去。魏清本是随口一提，忽然想起这种情景极是诡异，顿时也收起了笑容，皱着眉头朝牛骨和人骨看了过去。

是什么让他们一起死在这里的呢？天灾？疾病？还是被猛兽攻击？仔细看看，这些牛骨腐朽的程度要远比人骨深，看来已死了很久，人骨却是新死的。看来这些人是找到这些牛骨的时候恰好遭难死去。再仔细看看，他们的身上都有那种米粒般细小的牙痕。

“他们也是死后被小型食肉兽吃了的吗？”魏清扫视着

那些牙痕，忽然发现这些人骨全拿着刀，好像是在战斗中被杀的。

“他们在和谁战斗？敌人？还是……”魏清的脸色一变，没有再说下去。难道他们是在和那些小型食肉兽战斗？

“大当家，你看！”一位船员指了指周围的树梢。按当时的时令，这些树上应该果实丰茂，可是这些树上竟连一个小果子都没有。仔细看了看，树上到处都是被咬断的果梗，这些果实应该是被什么东西吃掉了。

“这是什么东西啊……能上树……荤素均食……”魏清咬了咬嘴唇，朝树梢看了一会儿，又朝人骨看了过去，忽然被一道红光闪了眼。

“咦？这是什么？”魏清走了过去，从一具骸骨的手上摘下一枚戒指来，仔细看了看后惊叫出声，“这是新娘石啊……这是隋唐老婆的戒指……难道这是隋唐和他老婆？”

魏清仔细看了看旁边骸骨的手，从上面捋下一枚男戒。这枚男戒上面镶着一枚翡翠，式样和女戒正好配套。

“难道这是隋唐？”魏清讶异地说，“那旁边这具骸骨又是谁？”

铭泰一个箭步冲上来，从一具骸骨下面抽出一块金牌，脸色顿时一变。这块金牌上依然刻着一只长着翅膀的老虎，正是追杀铭泰的那帮人的标志。

这下大家全明白了。原来隋唐和追杀铭泰的人勾结到一起去了。他们手中的图合起来，就可以指引他们到达这个区域。那只鹦鹉的主人其实是隋唐的老婆，它口中的“糖糖”其实是“唐唐”，就是隋唐。隋唐和追杀铭泰的人恐怕一直偷偷地跟着魏清他们。那时隋唐的老婆丢失了鹦鹉，隋唐怕魏清起疑，便铤而走险超过他们，到他们的下几站去堵截他们。没想到在上个岛屿他们遇上了有毒的花，在这个岛他们遇到了……不知名的危险。

“其他的人恐怕就在附近，恐怕也死了。”公孙复向远处眺望着说，“我们还要到别处查查吗？”

“不、不用了，”魏清看着人骨和牛骨，忽然有些心慌，“既然钥匙已经拿到了，我们就赶紧走吧！”

众人转头便往回赶。

“吱吱……吱吱……”几只老鼠跑到了魏清他们的身边，在他们的脚下乱窜。他们并没有在意，只是随口骂了句“该死的老鼠”，脚步也没有停。

“吱吱……吱吱……”老鼠的叫声忽然越来越多，慢慢地汇集起来，竟犹如怒海生涛。大家的头上冒出了冷汗，猛地向后转头。

啊！在他们的身后，已经聚集了一大群老鼠，层层叠叠的，就像股洪流！这么多老鼠聚集起来，形成了一种独特的气场，就像一只无形的巨兽在向魏清一行张开血盆大口！

大家的脸色都白了，发足就奔。他们明白了！那些人和兽就是被这些老鼠包围起来，活生生地吃掉的！

“啊！”一位船员不小心摔倒在地，转眼就被老鼠的洪流吞没。接着便听他不停地惨叫，正被老鼠啃噬皮肉。大伙儿吓坏了，没命地向前狂奔，奔到山崖边后也来不及抓着藤条往下攀了，直接往海里跳。

“吱吱，吱吱……”老鼠聚集到山崖边，转眼就堆起了一层。它们不愿让到口的美餐逃走，又顺着山崖往下跑。魏清他们落水后就朝停靠在崖边的小船游去，七手八脚地爬上船去，使出全身的力气猛划。老鼠们跑到崖底后暂时不敢下水，只在崖壁上纵横穿梭。众人回到大船上，立即扬帆起航，远远地离开这座小岛。魏清在船上远眺小岛，看到山崖上灰茫茫的全是老鼠，心有余悸地说：“地图上没有标明这里的鼠患，证明它也是在海盗王绘图之后才出现的……大概是哪个客商不小心带了几只老鼠来这个岛上，在这里老鼠没有天敌，便疯狂地繁殖，数目渐渐庞大，最后演变成了一股毁灭性的力量……真是可怕！”

铭泰站到她身旁，远眺海岛，皱眉不语。

“不过值得庆幸的是，追赶你的势力也应该在这个岛上全军覆没了。”魏清笑着转向他。

“但愿。”铭泰的脸依旧绷得紧紧的。“希望他们的运气真这么坏。”

魏清注视着他，忽然幽幽地叹了一口气：“追杀你的人……应该不是普通的帮派中人吧。”

铭泰脸色变了变，没有答话。

“我知道你有很多事情瞒着我。”魏清继续说，语气越来越幽怨，“现在已经没有危险了，你能跟我说实话吗？”

铭泰脸上的肌肉微微地抽动了一下，仍是没有说话。

魏清目不转睛地看着他，眼中有温柔，有期盼，还有一份淡淡的哀伤。

铭泰的目光湿润了，沉着嗓子说：“你先别着急……等一切都结束的时候，我会告诉你的！”

“哦……”魏清轻轻地垂下眼帘，长睫上挑着少许酸涩。

“大当家，不得了了！”一个船员忽然奔了过来，朝周围比划着，“您快看！”

魏清朝他手指的方向一看，顿时倒抽了一口冷气。只见他们的后方出现了很多全副武装的大船，正朝他们靠近。这些战船体型极大，满列大炮，不是一般海盗所能拥有的。

“这些……是追杀你的人吗？”魏清惊惶地问铭泰。

铭泰没有回答，但他剧变的脸色已经给了魏清答案。

“快跑！”铭泰大吼一声，朝桅杆跑去，率先升起大帆，“落到他们手里你们都会没命的！”

大家本来不明就里，但见这些船来者不善，心里已经凉飕飕的，经铭泰这么一吼，竟不由自主地听从了他的命令。还好这艘船经过约翰的改造，可以猛然加速，转眼间就把船队甩出了老远。直到这时魏清才敢喘口气，大声问铭泰：“这些人到底是什么人？为什么要追杀你？”因为惊慌，再加上海风猛灌，她的声音有些嘶哑，语气也很不好听。

铭泰脸上的肌肉剧烈地扭动了一下，用几近撕裂的声音一字一顿地说：“等一切都结束了，我会告诉你！”

“都到什么时候了，你还……”魏清又急又怒，转头又发现船队追了上来，赶紧叫大家加速逃命。这些船制作也极是精良，似乎也经过巧匠改装，速度和魏清的船不相上下，甚至犹有过之。虽然魏清的船全速行驶，和船队的距离仍然越拉越小。船队的主船上有人登上船头，用旗子朝魏清他们打旗语。

“快点儿停船投降，再不投降就用炮把你们的船轰碎。”魏清眯着眼睛读清对方的意思，脸上顿时没了血色。

“别听他们的鬼话！”铭泰大声说，“继续逃！他们不敢开炮的！”

“为什么？”魏清不敢相信他的话——她本来是很信任他的，现在却觉得不怀疑不行。

“因为他们的主子不管付出多大代价都要活捉我！”铭泰盯着渐渐靠近的船队，表情固然紧张恐惧，却也带有一分轻蔑。

魏清不敢轻易相信他的话，略一细想，忽然想起心萍来：“对不起，我不是刻意提起你的伤心事……你还记得心萍吗？当初她不就是来刺杀你的吗？”

铭泰的身体猛地一震，转头盯住魏清。魏清见他的表情陡然变得非常可怕，低声惊叫了一声。铭泰的眉头震了一震，凄然地笑了笑，那可怕的神情也一扫而空：“指使心萍的人是右营的人，这些却是左营……左营的人是无论如何都要活捉我的！”

“哦。”魏清点了点头，心里却仍是疑窦丛生：左营？右营？从没有听说过江湖帮派内部以营来分啊！

“啊！”水手忽然杂乱地惊呼起来。

魏清朝前方一看，顿时心里彻骨冰凉：不知什么时候，几只大船已经包抄到他们的前面，围成一个半圆等着他们。

“哎呀！”铭泰重重地跺了跺脚，脸色紫涨，几乎要吐出血来。

魏清他们没有办法，只好挂白旗投降。几只大船包抄过来，几队穿着软甲的武士登上他们的船，把他们全都用绳绑缚。魏清偷偷打量这些人，发现他们穿的软甲制作考究，质地优良，每一件在江湖上都堪称贵重。难以想象江湖上哪个帮派会这么有钱，给帮里的人每个人都配上这么一套软甲。从式样上看，这些软甲像军盔却又不像军盔。魏清见过很多军种的盔甲，这些人的盔甲却不属于以上盔甲中的任何一种。

魏清彻底迷惑了，这些家伙到底是些什么人啊？

武士将他们绑缚好之后，就把铭泰往自己的船上拉，却把魏清他们往后推。

“不准把我们分开！”铭泰挣扎着大吼起来，“带他们一起去！否则我立即咬舌自尽。”

“啊？”魏清一行大惊，更加摸不着头脑：为什么不能分开？

武士们似乎很怕铭泰咬舌自尽，便把魏清他们和铭泰一起押上船。铭泰一直努力跟在魏清身旁，找了机会低声对她说："如果我们分开，他们一定会把你们杀掉……我无论如何都会保证你们的安全！你不要担心！"

"他们为什么要杀我们？"魏清心里堆满了疑惑，简直要爆炸了，"和我们有仇？"

"不是！"铭泰脸上的肌肉剧烈地扭动了一下。

"是怪我们收留了你？"魏清盯着铭泰的眼睛。说真的，按江湖上的规矩，还没有把收留叛徒的人统统杀死的说法。

"不是……是因为你见过我了！"铭泰咬了咬牙，吐血般吐出这么一句话。

"什么？"魏清觉得自己一下坠入了迷茫的深渊：这更匪夷所思了……仅仅见他一面就要被杀死吗？

武士们把他们押上了主船。一个主将模样的人缓步朝他们走来。魏清只朝他瞥了一眼，心里便大叫起来："不对！这越发不对了！"

这个主将身上银光闪闪，竟是用货真价实的银丝编制而成。胸前、肩上，还有头盔眉心处都镶了翡翠，腰间挂着的宝剑也是银柄的，上面也镶有宝石。要知江湖中人豪阔者也有不少，但绝不会用银子制造甲胄和兵器，更不会在甲胄兵器上镶宝石。因为这些都是打斗时需要用的，经常会被碰坏，把它们镶在上面，可惜了。依他们的派头，应该上阵的机会极少，平时则是养尊处优——照这样说又奇怪了，哪个主人能这么有钱，白养这么一支队伍供起来。

“奴才见过七少主。”主将走到铭泰面前，躬身行礼。他的声音异常柔细，一点儿都不像练武之人，而且尾音也已沙哑沧桑，似乎年纪已经很大，下巴却连一根细须也无。更奇怪的是，他肌肤细腻，眉淡眼秀，只有眼角有几条皱纹，如果不是身着甲胄，魏清说不定会把他错认成一个中年妇人。

铭泰哼了一声，翻起白眼，对他不睬。

主将朝铭泰打量了几眼，高兴地笑了：“少主的身子骨不比走时差，甚至还比之前好些。主上看到之后，必定会非常高兴的。”

“他高兴什么？”铭泰冷冷一笑，“是觉得我身子骨好，折磨起来不会很快死掉，可以让他多开心开心吗？”

“哎哟，您这是怎么说的，”主将笑得更灿烂了，竟有几分娇媚之态，“您把我们主上的心胸，瞧得也忒小了。”回头吩咐手下，“你们伺候少主去休息！”

几名武士领命要拉铭泰。铭泰用力挣脱他们的手，昂着头站直了：“我必须和伙伴们在一起，否则我立即咬舌自尽！”

“哎哟，这是怎么说的？”主将的脸色一变。

“这该问你们才对。”铭泰冷笑着说，“如果我没猜错，等我一走，你就会把他们统统砍头，扔进海里，不是吗？”

主将眼珠一转，狡黠地笑了：“哎哟，您真是把老奴想得太坏了。少主，他们是您的朋友吧？他们既然是您的朋友，就是奴才的主子。奴才怎么会伤害他们呢？”

哎哟喂——魏清和众海盗都觉得鸡皮疙瘩掉了满地。这家伙自称奴才，果然是奴态入骨。可这奴态又分明是假装的，他其实对他们充满恶意——想到这里，魏清和众海盗们简直恶心得想呕。

“我不相信你，”铭泰冷笑着说，“谁都知道那些只长头不长尾巴的家伙是不能信的！”

主将一直笑嘻嘻的，听到这里却勃然变色，脸上陡然布满杀气。魏清他们不知为什么铭泰说了句“只长头不长尾巴”就让他如此生气，不禁茫然失措。铭泰却依旧冷笑地看着他，对他的怒意丝毫不以为然。

“哈哈，主子既然不相信奴才，奴才也没有办法。”主将竟把怒气压了下去，继续奴态十足地笑着，“不过这帮兄弟人数众多，就算奴才想把你们关在一起，估计主子也会觉得挤。”

铭泰想想也是，便点了魏清、约翰和几名海盗的头领，让主将把他们关在一块儿。又威胁主将，说如果他之后发现满船的海盗有一个人死亡或是受到了不好的对待，也立即请主将后果自负。主将笑嘻嘻地答应善待所有的海盗，然后命人把铭泰他们带进了舱中的牢房。

说是牢房，其实是一间装饰考究的秀室。武士们解开铭泰他们身上的绑缚，改用铁镣铐住他们的双脚，然后请他们坐在垫着绸缎垫子的椅子上。片刻后竟还有人送上香茶和果品。

魏清打开杯盖，发现里面的茶叶根根碧绿，香气扑鼻，竟是上好的龙井。她久居于海边，很少能见到这种稀罕物。偶尔从内地客商那里弄到一点儿，也远没有这么好。她看着茶杯哑然失笑，怔怔地问铭泰："竟然能用这么珍贵的东西招待囚犯……你家到底是什么样的帮派啊？我可是真的糊涂了。"

铭泰脸上的肌肉猛地一抽，喉结动了动，似乎要说话，却听到舱外脚步声响。铭泰抿了抿嘴，面无表情地正襟危坐。

门一开，一个穿着软绸长袍的人走了进来，脚上穿着一双绸靴，鞋底很厚。魏清仔细看了看，才发现他就是方才那主将。清瘦的脸被绸缎的柔光衬着，更显得他肤色白腻。他一身打扮类似官袍，却又不像，仍然是带有几分奴态。魏清目不转睛地看着他，脑中堆满了问号：说真的，她虽然答应耐心地等铭泰亲口说，心里却不安于如此，一直想抢在铭泰开口之前猜到他的所有。只是没想到这个谜题这么难猜，解题的条件她大多没见过，更别说解析了。

"少主，在这里可住得惯？"主将躬身朝铭泰行礼。

“开门见山吧，你。”铭泰冷笑一声，“我知道你是无事不登三宝殿，要问什么，你就赶快问，省得我不耐烦了，拿茶杯把你砸出去！”

“哦，奴家遵命。”主将站直了身子，表情忽然凝重了些，“我那心萍侄女……主子遇到了吗？”

魏清猛吃了一惊：心萍是他侄女？蓦地想起了心萍胸前染满鲜血，横尸海边的惨状，心顿时狂跳了起来。

“干侄女吧。”铭泰忽然露出了鄙夷和厌恶的神情。

“是……但我和其父于言亲如手足，看她也自然比亲侄女还要亲！”

“是吗？”铭泰抽动着肩膀冷笑了一声，拈起杯盖轻轻地刮着杯缘，“她意图不轨，被我杀了！”

“哦，杀了？”主将吃了一惊，瞪大眼睛打量铭泰，“少主……几日不见，没想到您也变得如此心狠手辣！”

铭泰嘴角猛地一抽，却佯装不以为然：“心狠手辣？我不杀她，她就要杀我。我拿刀自卫，算不得心狠手辣。”

主将噎住了，半晌才叹着气说：“可怜于言将军忠烈节义，唯一的女儿却落得这般下场，实在令人……唉！”

将……军？魏清惊骇得张大了嘴巴，眼睛也瞪得老大：心萍是将军的女儿？铭泰的哥哥派将军的女儿来诱捕铭泰？那铭泰该是个什么人物啊？这边疑惑还没解除，那边铭泰说的话更让她感到骇异。

“哈哈，这么说是我在残害忠良喽？不对吧。我做的事，恐怕远不及你们主子做的万分之一！”说到这里铭泰的眼睛几乎要喷出火来，牙齿咬得咯吱咯吱响，“于言将军三代忠良，征战边疆，屡建奇功，族人战死沙场者无数。而我那哥哥，就因为于言和我私交甚笃，就捏造了罪名治了他的罪，把他子侄全部流放边疆，满门妇孺全部囚禁起来，还逼迫他唯一的女儿过来行刺我……到底是谁在残害忠良？对了！当初诬陷于言的幕后黑手就是你吧！你还在这里谈什么‘和于言亲如手足’？”

主将的瞳孔猛地收缩：“我那是无奈……若不是……”

“是啊，是他授意于你，你就去做了。哈哈，若不是你如此大义灭亲，你恐怕也成了个无头鬼吧，不，无头无尾的鬼！”

主将的脸陡然涨得通红——他到现在才被铭泰真正激怒：“少主，你不能屡次侮辱老奴……奴才们为了服侍皇家，把做人的根都割了，你们就算瞧不起我们这些人，至少说话也该客气点儿！”

皇……家？这个词主将说得不重，但在魏清听来却不亚于天崩地裂、风云变色。仿佛被一道闪电从顶门直劈到脚底，猛地出了一身冰凉的冷汗。天哪，他们说的是皇家的事情……把做人的根弄断了，那就是太监……能被太监侍候……还因为争位被哥哥追杀……这么说来，铭泰应该是皇子！他竟然是皇子……啊！说起来，之前是有很多蛛丝马迹表明他身份非常，她也有所留心，但万万没想到，他竟然是皇子！

约翰和一众头领也呆若木鸡，尤其是那些海盗。他们历来以为皇家的人和平民百姓不是一个种族，听说铭泰竟然是皇子，都直勾勾地朝铭泰打量，想看出他是不是哪里多长了一块，或是能发光。

铭泰扭头发现魏清直直地看着他，本能地把脸转向一边，但又闪电般转了回来，呆呆地看着魏清，脸上的肌肉剧烈地扭动，脸色由红到白，由白到青，又由青转红。脸上的表情也由惊慌到忧惧，又由忧惧到愤激，又由愤激到沮丧，最后沮丧得一塌糊涂。

主将冷眼看着他们，轻轻地冷笑一声，转身就走。

魏清轻轻地低下头，喉头异样地响了一声，却没有说话。

“你想问什么就问吧。”铭泰低低地说。

“你……到底是谁？”魏清低低地问，语调虽平稳，嘴角却在不住地颤抖。

“我是……就是他们所说的七皇子……”说到这里的时候，铭泰忽然暴怒，低下头低吼，“不要问我是谁！我现在什么也不是！什么也不是！”

魏清一怔，赶紧闭上了嘴。她认为铭泰这是为自己的境遇而伤心愤怒，所以便没有问下去。虽然她现在心情激荡，简直觉得问不到真相就要死，但仍强力忍住了——无论到何时，她都会先考虑他的感受。

铭泰低着头，脸上仍是暴怒和伤心的表情，眼睛却偷偷地瞟着门缝。那里好像有一个人在偷听。既然有人在偷听，就不是坦陈一切的时候。天知道他会不会说得兴起，把一些说不得的事情也漏了出去，让那人听到。

魏清长叹了一声，软软地垂下头去。

铭泰以为她在为自己的境遇担心，心中酸痛，赶紧安慰她：“你不用担心，我一定会保证你们周全！”

“你凭什么保证我们周全？”一位首领冷笑着问。身为海盗，历来都视自己和财宝为最大。自己既然因铭泰受到了威胁，管他是皇子还是平民，一样对他发火。

铭泰一怔，半晌才苦笑着说：“这家伙无论如何都要把我活捉了去见皇兄。在适当的时候，我以性命相逼，应该有用。”

“可是心萍是他的干侄女啊。指使心萍的人应该是敢于杀你的人，可你之前又说……这些人是‘左营’。”魏清表面上颓靡，脑子却在高速运转，思前想后。偶尔想到了铭泰话中的这个“漏洞”，立即提了出来。

铭泰苦笑一声，觉得这话不得不说，也可以在偷听的人面前说，便说了出来：“是啊。他是心萍的干叔叔，但不是指使心萍的人。指使心萍的人是‘右营’的戚云超。哦，我就全告诉你吧，这些人和之前捉拿我的那些人，都是我兄长，也就是皇帝手下的特务。他们对外自称飞虎内卫，在皇宫名叫虎贲营。虎贲营又分为‘左营’和‘右营’。‘右营’由皇帝的亲信侍卫长戚云超统领，成员全是武功高强的侍卫。而‘左营’就由刚才那个太监统领。哦，对了，他姓木，统领的全是被阉掉的太监。

虎贲营‘左营’和‘右营’在皇帝面前看似和睦，暗地里却争权夺利，闹个不休。因为追杀亲族必须保守秘密，皇帝便派虎贲营来捉拿我。当时下的命令是‘能抓就抓，不能抓就杀’。戚云超是完全照搬这个命令的，派心萍来诱骗我，如果不行，就让她杀了我。而木太监又不一样，因为他是无根之人，无根之人奴性最强，最会谄媚。他知道兄长其实想把我活捉，就一定要把我活着带回去。哈哈，虎贲营‘右营’和‘左营’素来不睦，这一次捉拿我大概也是兵分两路。‘右营’估计遇上了岛上的怪物，和隋唐那小子一起，被吃得干净了。剩下这老阉狗……哼。”

说到这里他咬牙切齿，显然对木太监恨得彻骨。当然要恨得彻骨了，木太监服侍皇家已有二十载，虽不是他的亲近奴才，到底也是当他奴才的人。而他现在竟被之前当他奴才的人抓住了，这番耻辱如何能咽下去？

魏清见他脸色有异，便不再多问，低低地垂下头去。其实她现在心里乱如糨糊，根本不知道该问什么，该说什么。

魏清和铭泰不说话，其他人自然也不说话，船舱里一片死寂。过了一会儿，有太监模样的人送上饭食。他们先向铭泰躬身行礼，奉上满桌子的珍馐美味，甚至连米饭都是上好的白米。他们给魏清他们送上的饭食也颇丰盛，只不过比铭泰稍差一些。铭泰冷笑一声，端起碗就要吃饭，忽然发现太监们离开时，有一个人回头朝魏清的饭碗里偷瞄了一眼。

铭泰一惊，赶紧放下饭碗，朝魏清使了个眼色。魏清一直恍恍惚惚，竟然还能看到他的眼色，赶紧暂缓吃饭。

等太监全部走出，铭泰赶紧喊魏清："你快把头上的银簪拔下来，插到饭碗里试毒！"

魏清赶紧拔下头上银簪，深深地把它插进饭碗里，微一停顿，立即拔出。

大家全都低声惊叫了一声。只见银簪簪头微黑，这碗饭显然是有毒的。

魏清赶紧把所有人的饭食都试了一遍。结果发现除了她的饭之外，竟没有一个人饭里有毒。

"光毒我？这是什么意思啊？"魏清又惊又蒙。

铭泰抿紧嘴不说话，额头上冷汗悄悄沁出。木太监果然老奸巨猾，真会察言观色！他可能从刚才自己看魏清的眼神，看出他对魏清非比寻常，所以故意对魏清下慢性毒药——一定是慢性的，好掌控住魏清的性命，以解药来挟制他。看来他得赶快想办法带着大家逃走！否则魏清……迟早会着了木太监的道儿！

"我们得赶快想办法逃出去！"他对大家低声说，忽然听到一阵大响，接着便感到船舱猛地一晃。大家凑到窗前，赫然发现附近海面上排满了龙头大船，齐齐地用大炮对准木太监的船队。

大家全都呆呆地看着铭泰。

“哼！”铭泰冷笑了一声，额头上青筋微微地抽了抽，“没想到还有海军……那家伙竟然派三路人马来追我……给我的面子还真大啊……海军估计要争功，就用武力威胁木太监……这下可有好戏看了！”海军是由皇帝的小舅子统领的，历来没把太监们放在眼里。要说谁敢从太监手里抢功，估计就只有他们了。

木太监的船不及对方的船坚，炮不及对方的炮利，只好把铭泰他们连同那艘海盗船都交了出去。魏清他们被押上了海军的主船，船上站立的全是兵丁。一个银盔银甲的将军模样的人走过来，对着被绑着的铭泰深深一揖：“别来无恙啊，七皇子？”

“大胆洛华，”铭泰冷笑着说，“你若有心向我行礼，为何不下拜？”洛华自恃是皇帝的小舅子的姻亲，做派很是嚣张的。

“哦，末将一时忘记了对你该用什么礼数，所以才会有所冒犯，还请七皇子原谅。”洛华笑嘻嘻地说，眼中充满了嘲讽之意。

“哼！”铭泰嗤笑了一声，扬起下巴高傲地看着洛华，“他终于派你来抓我了啊，派背叛的狗追以前的主人吗？”

洛华勃然变色，恨恨地说：“请你自重！末将没有对你说任何贬斥之言，你为何出口伤人？”

“狗还配说脸面吗？”铭泰依然是冷笑着，看起来盛气凌人。

洛华眼睛一红，似乎马上又要动怒，眼睛一瞟站在铭泰身边的魏清等人，又露出冷笑："哈哈，我知道七皇子一直是仰着脸看人的，暂时无法对人低头……来呀！"他对左右兵丁喝道，"把这些人全都捆了手脚，扔到海里去喂鱼！"

"混账！"铭泰大声说。

"七皇子想向我求情吗？"洛华得意洋洋地朝铭泰看去，却发现铭泰仍是一脸盛气凌人，

"不许伤害他们，这是命令！"

"什么？我没有听错吧？"洛华哈哈大笑，"以现在的你，有什么资本命令我呢？"

"你忘记你家在庚子年七月的时候做了什么吗？"铭泰盯着他的眼睛，眼里陡然射出了寒光。

洛华的脸"刷"地白了。

洛华脸色剧变，恶狠狠地说："陈年旧事，早已湮灭，提它做甚？"

"是吗？"铭泰故作惊讶，"我怎么记得相关的事物很多都没有湮灭啊。比如说，一封密信……"

洛华的脸色更加难看，用颤抖的声音说："你不要虚张声势！"

铭泰冷冷一笑，自顾自地背了起来："剑髯吾兄，东西已至，效力卓著。汝家古方，果真灵验……"故意朝左右看了看，"剩下的文字，还要我继续往下背吗？"

洛华额头冷汗涔涔而下，把铭泰拉入一间空室，低吼着问他："这封信在哪里？怎么会落到你手上？"

铭泰淡淡地说："既然知道狗性反复无常，就要准备好打狗的棍子。"

"快把这封信交出来！"洛华"刷"地拔出了刀。

铭泰轻蔑地看了看刀锋："如果你现在杀了我，那封信就会在一月之后送到皇帝那里。"

"你这话是什么意思？"洛华又惊又怒，握刀的手也颤了起来。

铭泰不慌不忙地说："我早就料定追捕我的总指挥肯定是你，所以便准备好了牵制你的东西。我每隔一段时间就会用鸽子告知同伴我的情况，并约定如果我有指示，或是不再给他讯息，就立即把此信交给皇帝。到那时，你洛门九族，恐怕就要被杀得干干净净了。"

"快给他信息！叫他把这封信毁了！"洛华把刀架在铭泰的脖子上，沙哑着喉咙吼道。

铭泰轻蔑地看着他，冷冷地说："威胁我是没用的！"

洛华一怔，接着便将嘴唇咬出了血。照他所言，他全家的性命已经尽数落入铭泰的掌控，他却丝毫奈何铭泰不得！

"殿下你想要怎样？"洛华蔫蔫地问铭泰，不敢再对铭泰有丝毫无礼。

"简单，你立即放了我们，再用大炮把那队阉狗尽数轰到海底去。之后就当没遇见我们。我自会传信给那人，叫他继续藏匿信件！”铭泰用鹰一般的目光注视着他。

洛华的脸涨红了，额上也暴起了青筋。他权衡良久，终于一咬牙：“好吧，就照你说的做！”

铭泰大喜，表面上却装得不以为然：“你还不为我松绑？”

洛华伸手来解，忽然想起一事，“且慢！如果你离开之后又叫那人去交信，我不白白地被你害了？”

“你放心，”铭泰冷笑着说：“我还有用得到你的地方，我是不会急着置你于死地的！再说我没有你这般卑鄙。”

洛华脸色陡变，仔细想了想，觉得他不像是在说假话，便把海盗船交还给他们，恭恭敬敬地送走了他们。铭泰一踏上海盗船就叫水手扬帆速航，直到离龙头大船很远之后才敢回头看。

“这下他们不会追上来了吧。”铭泰长长地出了口气，转头忽然瞥见魏清正怔怔地看着他。她早就被他的身份完全震蒙了，到现在还没有回过神来。

“你……没事吧？”铭泰低下头避开她的目光。

“真令我惊讶呢。我真没想到你隐瞒的事情竟是这样的……不过也是情有可原……”魏清凄然地笑了笑，脸色苍白，“至于你为什么要逃到边疆……是因为争夺皇位失败了吗？”

铭泰脸上的肌肉用力地抽了抽：“不仅是因为争夺皇位

失败……还因为我哥即位后要铲除所有曾对他有过威胁的兄弟。我不想糊里糊涂地死掉，所以才带着这张藏宝图跑到沿海边境。”

“哦，那你到边境，是想……”魏清的声音钝钝的。

“是想找到宝藏当军费，招兵买马，推翻他！”铭泰沉着嗓子说，脸色微红。这个任务带给他的，不仅是豪情还有压力。

“哦……”魏清苦涩地笑了笑，“那……铭泰真是你的名字吗？”

“是我的名字。”铭泰顿了顿，“不过前面要加上一个姓氏。”

“皇姓，对吗？”魏清的笑容愈加苦涩。她仿佛已经看到了她和铭泰之间的那难以逾越的鸿沟。

铭泰不敢看她的目光，把头转向别处。两个人之间的气氛愈加压抑，大家被这种气氛压着，都不敢出声。约翰则皱着眉头，心事重重地盯着魏清和铭泰。

“你是用了什么法子，让他放我们的呢？”魏清忽然觉得这鸿沟深宽得令人头晕，赶紧换了话题，企图分散自己的注意力。

“他们祖上曾经参与过对我的祖父，”换了个话题后，铭泰也如释重负，“也就是上上代皇帝的谋逆。当初有一群人意图毒杀我的祖父，也就是太上皇。他们祖上负责的是准备毒药，爷爷及时发现了他们的阴谋，把这帮人或抓或杀，却不慎漏掉了他家祖上。我之前无意中得到了他家祖上向朋友索求毒药的密信，便作为牵制他的东西留存了起来。今天遇到他之后我就……”铭泰把之前和洛华的对话简要地说了一遍，“之后他便放了我们，但我怕他会反悔，便叫大家赶紧开船。到了这里估计他们就不会再追来了。”

魏清专注地听着，用充满敬意的语气说：“你可真够厉害的。”眼中依然隐藏着一丝苦涩。

铭泰苦笑了一声，并没有说话。其实他之所以会怕洛华忽然反悔，是因为他手里根本没有密信。他只是之前偶然见过那封密信，而且只是见过开头，能记得内容也纯属侥幸。今日为了恐吓洛华，便将开头背了出来。如果洛华叫他继续往下背，这事势必要露馅。

至于他说找人帮他隐藏密信，并时时和他联络之事也全是缓兵之计。他编的这套谎言里其实包含众多纰漏：既然他拥有密信，为何不在之前就向洛华发出威胁，逼迫他暗中帮自己做事，为什么非要等洛华抓到他之后才说出此事？而且既然手中拥有如此重要的东西，为何不要求洛华干更重要的事情，而只是叫他放走自己？幸亏洛华被他吓蒙了，并没有想到这一茬儿。否则他就要被抓回京师，被他那个皇帝哥哥千刀万剐了，还要白白害了魏清他们。

之后大家各司其职，按藏宝图继续前行，一路无话。公孙复悄悄地走到魏清身边，轻轻地对魏清说：“大当家，我有一事压在心里，不知当讲不当讲。”

“说吧。”魏清看着大海，鬓边的头发被海风吹得近乎直立。

“铭泰此人是个灾星，我们留他不得啊！”

魏清站着没有动，眼下的肌肉却用力地抽动了几下：“此话何意？”

“铭泰乃逃亡的皇子，当今朝廷追拿的要犯，如果朝廷知道他在我们魏家手里，势必会派兵清剿，这样我们魏家就有覆灭之虞啊！”

“那你的意思是……”魏清的声音冷得像冰块。

“不如把铭泰交与朝廷，朝廷一定会大有赏赐，说不定以后不管我们怎么劫掠，朝廷都会睁一只眼闭一只眼……”

“这怎么可以？”魏清忽然大吼起来，“铭泰是我们的兄弟！再说那些家伙还不知道我们是魏家的海盗！”

公孙复被吓噤住了。

魏清自知失态，喘了几口气，柔声说：“就算朝廷知道了这件事，我们也有对策……我们不就快到达藏宝的地方了吗？我们拿了宝藏，带着所有兄弟到南洋混就是了。南洋食物丰美，有的是美酒和女人，相信弟兄们会更喜欢的……”

公孙复没有说话，摇摇头离开了。魏清皱着眉头看着他离去，低下头叹息起来。远处的栏杆后有一个人影朝外挪了挪，却又飞快地缩了回去。是约翰。他恰巧看到了刚才那一幕。他见魏清伤心，想出去安慰她，却觉得此时他不该出现。

这一夜，魏清站在甲板上，呆呆地凝视着洒满银光的海面。她的身体岿然不动，衣襟因为风吹而瑟瑟发抖，就像她也在瑟瑟发抖一样。约翰悄悄地从黑暗中走出来，倚靠在她身边的船舷上。魏清没有看他，眼下的肌肉却明显颤动了一下。在他们身后，还有一个人藏在黑暗里，带着复杂的目光，静静地注视着他们。

“我……没想到铭泰会是皇子。”约翰低声说。

“所以呢？”魏清的声音平平淡淡的，听不出她心中所想。

“这个嘛，”约翰露出一丝复杂的笑意，“可能是因为我不是你们国家的子民，所以没觉得怎样。”

“是吗？”魏清淡淡地笑了笑。

“哈哈，还是被你看穿了。”约翰苦笑着捋了捋被海风吹乱的金发，“我还是感到了些……压力。不过我不想让步。”

魏清一怔，转头看向他，发现约翰正凝视着他，蔚蓝的眼睛正在银色的月光下闪着柔光。目光像水一样温柔，里面却燃烧着热烈的火焰。

约翰忽然伸手抱住了魏清，低头就要吻她。黑暗中的人一惊，猛地向前跨出了一步。然而就在快要吻到魏清的时候，约翰的动作停住了。黑暗中的人一呆，赶紧刹住了脚步。

约翰的下巴被魏清用刀柄抵住了，他呆呆地看着她。

“你放开我！”魏清斩钉截铁地说，声音像冰一样冷。

约翰露出了被刺痛的神情——在这一瞬间，他的表情就像被一个被深深伤害了的孩子。他默默地放开了魏清，低着头走开了。魏清看着他远去，轻轻地叹了口气，胸口剧烈地起伏着。

约翰并没有走多远，他趁魏清没注意，突然改变了方向，向那个紧张的黑影摸去。

约翰还没有靠近那个黑影，就被黑影伸出一只手扣紧了喉咙，然后被拉入黑暗处，约翰没有反抗，而是仰着头看着对方。这黑影果然是铭泰，铭泰被刚才约翰的举动气得表情都有点儿扭曲了，但是约翰看着他这副样子，不仅不害怕甚至还不屑地挂着一丝轻蔑的微笑。

铭泰增加了一成功力，约翰的脸色在月光下显得有些痛苦，但是他并没有反抗，任由自己被铭泰捏着喉头。

倒是铭泰沉不住气了，他压低了嗓音吼道：“我警告你，以后不许你接近魏清！”

听了铭泰的话，约翰像是一个爆竹立即被点燃了，他不顾喉咙正在铭泰的手里捏着呢，硬是挣脱出来，反手将铭泰压制在黑暗里，他那双透明的蓝眼在月光下显得尤为冷酷，他低声喝道：“你没有资格警告我！你做你的当世皇子，我做我的荷兰海盗！但是对于魏清，不管你是什么人，我都不会轻易放弃的！”

铭泰听了约翰那似乎是气急败坏的吼叫后，反而冷静了许多，他虚弱地靠在角落里，双眼暗淡无光地低垂下去。约翰探出半个脑袋望向魏清，魏清抱着胳膊站在船舷边，似乎在思考着什么，这种安静的景象如此之美，让约翰误以为是仙女下凡来到人间，拯救他罪孽深重的约翰来了。

夜里凉意盎然，魏清独自站了一会儿，轻轻叹了口气，转身回自己房间了。

约翰和铭泰一前一后地走出黑暗处，约翰走了几步，然后回头看了看铭泰，铭泰也抬头看着他，两个人没有说话，这么对视了足足一分钟，然后各自回自己的房间了。

几天后，他们又到了一个海岛边。“钥匙”已经被他们取尽，他们剩下来要做的就是按着藏宝图的指示朝目的地航行。不过魏清总是疑心剩下的岛上有机关，否则这些钥匙就没有用了。因此叫大家到任何一个岛上都要加倍小心。

第十四章
一对一的决斗

“好！”约翰忽然飞快地突进，一剑直刺铭泰的前胸。铭泰吓了一大跳，赶紧用剑挡开，同时向后一跃。按照铭泰的思维，一般人刚开始打的时候都会先挽一个剑花，很少会忽下杀手。约翰的剑法和东方剑法大不相同……难道是西洋剑法？

登上这个海岛后大家照例上岸补充淡水和给养。大家坐在海岸上，围成一圈，烧火做饭。铭泰悄悄走到约翰身边，对他使了个眼色。约翰会意，站起来跟着他走进了一片树林里。一走进树林铭泰就抓住了约翰的领子，压低声音吼道："我记得我跟你说过，不许你接近魏清的吧？"

约翰用力地打开他的手，冷冷地说："我为什么不能接近魏清？我爱她！我不会让你毁了她的！"

"你说什么？"铭泰一怔。

"你不会和魏清在一起的吧。因为你是皇子，"约翰盯着铭泰的眼睛，一字一顿地说，"怎么愿意和一个海盗的女儿结婚呢？"

铭泰的额头上暴起青筋："我的确在找到宝藏后就要和魏清分开……但绝不是因为嫌弃她！那是因为我要做的事情太危险，我不能让她也……"

"那你就该乖乖地从她身边离开！"约翰冷笑着说，"并且不再插手她的感情！"

"我是不会插手她的感情的……"铭泰的脸涨得通红，咬牙切齿地说，"但是我不会把她交给你！你心里还有人，对吧？你找魏清只是因为一时寂寞！等你排除了寂寞之后，你就会把魏清抛弃，对吧？"

"不是！那个人我已经抛开了！"约翰盯着铭泰的眼睛，无比坚定地说。

"你撒谎！"铭泰一怒之下去拔腰间的刀，拔出数寸时又冷静下来，狠狠地把刀推了回去。

“哼哼，你拔刀啊？来，我们好好地打一场！”约翰的眼中射出了凌厉的光芒，“如果你赢了，我就从魏清身边走开，如果你输了，就不许再接近魏清！”

铭泰一怔，接着眼中也射出了杀气：“好啊！就这么办！”他看了看约翰腰间的匕首：“你光用匕首不行，去把你的长剑拿来！这里离大家太近，我们到山后面去！”

“好啊！”约翰毫不畏惧地说。

“我去山那边等你！”铭泰转身便走。约翰轻蔑地看着他的背影，转身朝海岸走去。他走了几步，忽然想起了什么，停下来从怀里掏出一个黄金坠子。

坠子里嵌的是他的荷兰梦中情人的画像。他盯着坠子看了一会儿，闭上眼睛用力捏紧了它，轻轻地叹了口气，然后用力地把它抛进了草丛里。

等到约翰来到山后面的时候，铭泰已经等在那里了。约翰带来的不是魏清分配给他的大刀，而是他从荷兰带来的长剑，剑刃又细又薄，带着一个圆弧状的护手。

“你这玩意儿行吗？”铭泰皱着眉头看着它薄细的剑刃。

“当然行！我会用它打败你！”约翰坚定地说。他必须用荷兰的剑和铭泰决斗，因为它是荷兰男人的象征！

“那就来吧！”铭泰大声喝道。

“好！”约翰忽然飞快地突进，一剑直刺铭泰的前胸。

铭泰吓了一大跳，赶紧用剑挡开，同时向后一跃。按照铭泰的思维，一般人刚开始打的时候都会先挽一个剑花，很少会忽下杀手。约翰的剑法和东方剑法大不相同……难道是西洋剑法？

“吓坏了吗？”约翰冷笑着说，“这就是我们荷兰的剑法！你有办法招架吗？”他把来这里学到的东方剑法也抛弃了，一心要用自己原本拥有的东西和铭泰决一雌雄！

“当然能！”铭泰向前突击，一剑朝约翰的胸口刺去。约翰一剑挡开他的剑，发现剑刃已经微微卷口。而铭泰的剑上也被约翰的剑砍出了一个缺口。荷兰的长剑虽然纤细，但也是精钢制成，其锋锐程度和硬度丝毫不逊于中国的宝剑。

“好！这才痛快！”铭泰咬着牙笑道，又朝约翰冲了过去。约翰毫不畏惧地迎了上来。接着便是一串兵刃相击之声，把树林中的鸟都惊得飞了起来。

“咦？铭泰到哪儿去了？”魏清盛了一碗热汤，准备给铭泰喝，却发现铭泰不见了。

“好像到树林里去了吧？”一个船员指了指树林，“刚才看到他进林子去了……”

魏清一激灵：“那约翰呢？”

“不知道……”船员茫然地挠着头，“他好像回来过一次……又走了……好像还从船上拿走了一柄长剑……”

魏清略一思索，脸色忽然大变，拔腿就往山后跑。她本不知道铭泰他们到了何处，但隐隐听到有刀刃相击之声，

便循着声音的方向而去，果然发现他们在一个山凹里斗得激烈。他们两个人已经斗了良久，剑刃之上都有卷口，身上已经各有不少伤处。

“住手！你们在干什么啊？”魏清赶紧朝他们冲去。

铭泰看到魏清后一愣，没有注意脚下，一不小心踩到了一个土坑里，行动便稍有迟滞。约翰瞅准这个机会，持剑直刺铭泰的胸口。

“不可以！”魏清大骇，大叫一声挡在了铭泰的前面。约翰大惊，赶紧收剑，却已收势不及，一剑刺中了魏清的胸口。约翰脸上的肌肉剧烈扭曲，比刺到自己还要痛苦万倍，赶紧撤剑。铭泰冲到魏清面前，发现她的胸前鲜血淋漓一片，紧张得牙齿都打起了战：“你……你有没有事……刺得深不深？”

魏清低头看了看伤口，冷冷地说：“没关系，只是浅浅的一道口子。”

“是吗？”约翰如遭大赦，赶紧凑过来看。

魏清用袖口揩了揩胸前的血迹，冷冷地对约翰说：“你在干什么？和铭泰决斗吗？”约翰羞惭地低下头去。

“你不是说你不会再和铭泰争夺我了吗？”魏清的声音更冷。

“我记得我好像……没这么说过……”约翰的声音小得像蚊子哼哼。

“哦，难道是我记错了？哼哼，我的心意你应该明白，你却觉得用武力就可以把我抢过来……你以为我是什么？”说到最后，魏清的嗓子哑了，眼圈也红了，无比激动。

“不是……我……”约翰也激动起来，一时间话也说不囫囵。他呆呆地看了魏清一会儿，忽然用力地低下头，再用力地抬起来，脸上已换了一副刚毅的神色，脸色也变得非常苍白。

“算了，我也不争辩了……你放心，我已经知道你最爱的人是铭泰，我不会再和他争了……”说到这里，他的喉咙噎住了，眼圈也红了，他咬了咬牙，掉头就走。魏清皱着眉头看着他远去，深深地叹了口气。铭泰的表情无比复杂，喉咙嚅动着似乎想说什么，却什么都没有说出来。

当晚大家就在小岛上过夜。为了防止遭遇不测，大家在海滩上支起了帐篷，点起了篝火。夜很快便深了，大家也都睡着了——除了魏清。也许是白天情绪过于激动，她老是睡不着。她悄悄地从帐篷中走出来，沿着海岸慢慢地走。海风轻轻地吹着，海浪在温柔地呜咽。海面上满是月光，就像洒满了银子，一切都是这么美好。魏清走到一块礁石前，抬头看着空中玉盘般的月亮，忽然回眸一笑，轻轻地唤道：“铭泰，你出来吧。”

铭泰慢慢地从不远处的一块礁石后走了出来，满脸尴尬和忸怩。

“你担心我，是吗？”魏清的笑脸就像一朵嫩红的玫瑰，在朦胧的夜幕里悄然绽放。

“是……”铭泰的脸红了，不敢看她的目光。

“哈，”魏清轻笑了一声，指了指浸在浅滩里的一块礁石，“我们到那上面去，好不好？”

礁石上面是月光，下面是闪着银光的海浪。登上礁石之后，魏清觉得自己已经飘浮在了夜空里。铭泰随着她登上了礁石，却不敢往她身边靠。

“你怎么了？”魏清朝他嫣然一笑，牵起他的手。

“我……”铭泰一时不知道该怎么回答。

魏清握紧了他的手，凄然一笑：“你之前躲着我，是不是因为你的身份？”

“我绝没有嫌弃你……”铭泰慌忙说，接着声音便沉郁下去，“只是我重任在肩，还不知道日后能不能……我不想连累你……”

“没关系……”魏清轻轻地靠到他的肩上，“我不怕。”

铭泰一惊，下意识地想往一边躲，魏清拽紧了他的胳膊，执意靠在他的肩上，用更温柔的声音说：“我不怕。你死，我就跟你一块儿死。你活，我就跟你一块儿活。”

“不行……”铭泰急了。

“为什么不行？”魏清盯着他的眼睛。

远处的黑暗中有一个人跳了起来，朝礁石冲了过去，没想到刚冲了一步就被拉入了一个礁石后。

“哎呀！”被拉住的人正是公孙复。他在毫无防备的时候被人抓住，本能地想要惊叫，嘴却被按住了。

“别打扰他们！”拉住他的人沉着嗓子说，声音里充满了郁愤和痛楚。是约翰！公孙复不敢相信自己的眼睛，呆呆地看着约翰，眼珠都要凸出来了。

“我们走吧！”约翰拉着公孙复就走。公孙复死命地赖在原地，用力地掰开他的手，喘着粗气说：“大当家可不能……不能失足啊！如果失足了，她就真和铭泰是一条船上的人了……你在干什么啊？你不是喜欢大当家的吗？”

“可是她喜欢的人是铭泰！”约翰沉着嗓子说，额头上也暴出了青筋。

“可是你也不能……”公孙复像看怪物一样地看着他。

“你说我该干什么？”约翰冷笑着说，“该跳出去杀了铭泰……”他的最后一声冷笑听起来简直像闷吼，他像个受伤的小兽一样颤抖起来。

“是啊，我们应该去杀了铭泰……”公孙复朝铭泰和魏清看了看，掰开约翰的手准备往外冲。

“我说过不许去打扰他们！”约翰把公孙复往腋下一夹，沉着嗓子说。约翰身材魁梧，臂力极大，公孙复落到他手里就像小鸡落到了老鹰爪中一样，再也动弹不得，只能不甘心地嘟哝着：“不可思议……不可思议……”

约翰没有理他，只是像尊雕像般躬身站在那里，脸已经涨得发紫。铭泰呆呆地看着月光下的魏清。魏清微笑着看着他，白玉般的脸庞在月光下闪着柔光，就像一朵娇嫩的百合在星光中悄然绽放。铭泰的目光迷离了，忍不住伸手想要碰触她。魏清微微有些紧张，但仍娇柔地微笑着，更没有躲避他。就在铭泰的手将要接触到魏清的时候，他忽然从魏清微微敞开的领口处看到她胸口处有一道红线。那是剑伤，是她在保护他的时候，被约翰刺伤的。

铭泰一惊，目光重新变得清明起来。他此时才意识到自己不该直视魏清的身体，赶紧把身体转了过去。

“你怎么了？”魏清的感觉就像被人兜头浇了一瓢凉水。

“对不起……我不能……原谅我！”铭泰断断续续地说，忽然一咬牙跳下了礁石，头也不回地走开了。魏清呆呆地看着他离去，脸上先是一片苍白，接着又涨得发紫。他难道不知道一个少女向人主动需要多大的勇气和决心吗？他怎么可以这样对待她？魏清用力地咬住了嘴唇，一股鲜血流了下来。她感到了难以言喻的屈辱和委屈，更有一种被人抛弃的心碎感觉。铭泰的举动深深地伤害了她，甚至让她开始怀疑她对他的爱是否正确。

约翰偷眼看着铭泰远去，大大地松了一口气，惘然地笑了。然而就在这时，他感到了一种难言的心痛和愤懑，更有一种羞惭：他怎么可以高兴呢，魏清受到了伤害啊……可是尽管他很是心痛，却不能出去安慰她……那样会让她更感耻辱和痛苦！

第二天早上，大家洗漱停当，又踏上了征程。魏清、约翰和铭泰都神态如常，谈笑依旧，似乎都忘了昨天晚上发生的事情，只是相互之间不再说话。只有公孙复知道他们虽然表面平静，心里恐怕都乱得翻江倒海，痛如炮烙刀割。他虽然知道，但不能说出来，更不能去安慰他们，只能偷偷地担心：寻宝之旅马上就要到最关键的时刻了，他们这三个中心人物能撑下去吗？

他们要去的下一个地方，是一片有很多岛屿和礁石的海域。海盗王在这片海域的很多岛上都标出了蜘蛛形的记号。魏清怀疑这是说这些岛上有毒蜘蛛，便不让大家再在这个岛上登陆。每晚休息的时候都把船停在海上，除非食物和淡水用尽，绝不到海岛上去。但为了防止不测，魏清还是把船停在能看见海岛的地方。

这天晚上，魏清站在甲板上，一边远远地眺望着远处的海岛，一边慢慢地咬着一块夹着咸肉的煎饼。这些天她经常失眠，她多用这种方式消磨时间，平复心情。头顶有一只海鸟飞过。魏清讶异它晚上还出来飞行，估计是饿坏了，便撕下一块咸肉抛向它。海鸟低头咬住了咸肉，致谢般鸣叫了一声。魏清对它报以微笑，眼前忽然浮现了阿虎的脸，接着心头猛地一沉。

是啊，阿虎。以前他们经常一起这样喂海鸟。遥想当年，不管她是高兴，是悲伤，是苦恼，还是愤怒，陪在她身边的总是阿虎。阿虎从她很小的时候开始就陪着自己，和她一起承担所有的事情。她也知道，阿虎喜欢自己，可是她总是闭起眼睛，硬说那只是哥们儿之间的感情，在他离开的时候也只是感到了兄弟离去的痛楚和遗憾——想到这里，魏清的心忽然痛得难以忍受。阿虎之所以要悄悄离开，是发现她爱上了铭泰吧。他不愿意看着她投入铭泰的怀抱，又不愿意破坏她的爱情，只有悄悄地离开……这样想来，当时他的心里，一定痛苦到了极致吧？

魏清忽然感到无比的愧疚，觉得自己非常对不起阿虎。呆呆地看着远处的海岛，心里像盐浸一般痛。

海风越过海岛吹过来，“呼呼”地掠过她的耳边，似乎在责难她的薄情。魏清盯着黑糊糊的海岛，回想着阿虎的样子。不知是不是她的心理作用，她忽然看到岛边的礁石上有一个人影在晃动，有点儿像阿虎……天哪，他就是阿虎！

魏清以为自己眼花了，赶紧揉揉眼睛，再仔细朝礁石上看过去。天哪！她没有看错，礁石上的那个人就是阿虎！他怎么会来到这里？他应该没有藏宝图啊？魏清来不及细想，找了个舢板就朝礁石边划过去。不知不觉之间，风悄悄地转向了，吹着她的后背，似乎在催促她快过去。

“阿虎！”魏清一登上礁石就喊了出来。那人朝魏清转过身，剑眉薄唇，似笑非笑，赫然就是阿虎。

“你怎么到这里来的？”魏清激动到了极点，说话也带了哭腔。

阿虎没有答话，微笑着朝礁石后面退下去。

“你到哪里去？”魏清抢上一步。

“别过去！”铭泰的声音忽然响了起来。

魏清一凛，回头发现铭泰已经划船跟了过来。

“我到哪里你都要跟着吗？”魏清非常反感，转身又朝阿虎走去。

“别过去！”铭泰大吼了起来，语气惶恐，就像眼前有巨大的危险。魏清一激灵，狐疑着朝他看去，竟发现铭泰正搭弓对准阿虎。

“你干什……”魏清正要喝止他，却见他已经把箭射了出来。魏清大惊，转身叫阿虎小心，却见箭从阿虎的头上飞了过去，直射入礁石后面。

“嗷！”礁石后面忽然发出一声巨吼。魏清一激灵，背后猛地出了一层冷汗，忽然有种从梦中惊醒的感觉。

“他不是阿虎！你好好看清楚！”铭泰大声喊道。

魏清打了个寒战，朝阿虎看过去，赫然发现那只是一个人形的肉囊，上面沾满黏液，发出令人头脑发蒙的气味。它悬浮在空中，头上连着一根管子，一直连到礁石后面。慢慢地，从礁石后面升起一个褐色的毛茸茸的头，上面长着六只血红色的眼睛，还有一对钳子般的獠牙。天哪，这是一只像屋子那么大的蜘蛛，身上带着一支箭，头上长着一根管子，连着那个肉囊!

“呃！”魏清一声惊叫闷在喉咙里，踉跄着向后退去。她明白了！这就是地图上标出的“蜘蛛”！这蜘蛛头上连着的肉囊上的黏液恐怕能发出一种致幻的气味，能让闻到它的人把它看成自己思念的人，朝它走过来。这蜘蛛就用这个肉囊当诱饵，捕人食用。当初看到地图上的标志的时候，她只以为是种毒虫，万万没想到会是这种怪物！

蜘蛛爬上礁石，张开长着獠牙的大口朝魏清咬去。魏清踉跄着退后，伸手去拔腰间的匕首，仓促之间却怎么都拔不出来。乍一看到如此丑陋可怖的怪物，魏清被吓蒙了，手一时不听使唤。

“嗖！”又是一箭射来，这一次射到了蜘蛛的眼睛上。蜘蛛全身巨震，仰头大吼。它的吼声带着种奇特的频率，人听到后感觉就像有长满钢刺的棍子磨着耳朵，非常难受。

“别怕！”铭泰飞身跃上礁石，落在魏清身边。魏清见到他后心头一宽，本能地向他身边靠去。铭泰心头一热，仓促间也无法再考虑什么，伸手抱住她的肩膀，柔声说：“有我在！别怕！”

魏清脑中一晕，接着便感到满心甜蜜，一瞬间竟忘了自己身处险境。铭泰拉着魏清的手向小船跑去，忽然眼前红光一闪，又有一只蜘蛛从水里爬了出来，拦在他们的面前。接着周围红光攒动，不停有毛茸茸的蜘蛛脑袋从水里冒出来。魏清惊叫一声，接着张口欲吐：他们的周围已经围满了蜘蛛，毛茸茸的身躯蠕动着，张开大嘴准备朝他们咬过来。

铭泰也是脸色苍白，估摸了一下小船的方向，朝挡在那个方位的蜘蛛一剑砍去。魏清此时才拔出腰间的长刀，和他一起朝蜘蛛砍去。蜘蛛猛然咬住了铭泰的剑，与之争夺。另一只蜘蛛则朝铭泰背后咬来。魏清一剑砍到它的眼睛上，一股绿色的黏液喷了出来。魏清原以为以自己的手劲，一定可以将蜘蛛头一劈两半，没想到蜘蛛的头非常坚固，只被砍破了一个小口子，行动也没有丝毫迟滞，张口朝魏清咬来。魏清赶紧朝一边闪去。蜘蛛的大口从她身旁擦过，丑陋的头部看得非常清楚，令她感到无比的恐惧和恶心。

那边铭泰的剑被蜘蛛咬住，他几番争夺都无法将剑刃拔出，索性一剑朝蜘蛛口中刺去。蜘蛛口倒极是柔软，铭泰一剑刺入了它的肚腹。蜘蛛巨吼一声，松开了铭泰的长剑，仰头向礁石下倒去。它刚倒下便有一只蜘蛛补上了它的缺口，张开大口朝铭泰咬来。

为了防止腹背受敌，铭泰和魏清背对背站着，挥舞着长剑和蜘蛛相斗。所幸这些蜘蛛虽是水陆两栖，却不会吐丝。如果它们还能吐丝，铭泰和魏清早就被黏丝裹住，像掉入蛛网的昆虫一样束手就擒了。更所幸这块礁石不大，蜘蛛虽多，能上来攻击他们的只是几个。虽然一有蜘蛛被击退就有蜘蛛补上，但铭泰和魏清不需要同时面对很多蜘蛛。但即便如此，铭泰和魏清的境遇仍越来越凶险，力气也即将用尽。他们想向同伴呼救，无奈大船离他们太远，同伴们又多在熟睡，即使他们大声呼救，恐怕也没有同伴能发现他们。

这些蜘蛛不仅巨口如钳，腿也宛如铁枪钢矛。铭泰刚刚砍缺一个蜘蛛的巨口，就被另一只蜘蛛的巨腿掠中，胸口被划开一条深深的血口。与此同时，魏清的胸口也不小心被一只蜘蛛的巨腿扫中，衣衫尽裂，怀里藏着的诸多“钥匙”纷纷滚落——为了能随时研究这些“钥匙”，魏清总是把它们放在她怀里。魏清顾不得去捡它们，挥剑砍中蜘蛛的巨腿，心头变得一片冰凉：难道她和铭泰，今天就要命丧这些蜘蛛的巨口之下了吗？

“钥匙”大多滚落在了礁石上，那个黑色的圆球却咕噜噜地滚进了海水里。它在海水里慢慢化开，海水中一片柔晕扩散了开来。铭泰和魏清正在和蜘蛛死斗，忽然发现蜘蛛的行动明显缓慢了下来，接着便莫名其妙地停止了攻击。铭泰和魏清讶异地看着它们，发现它们都在剧烈地颤抖，就像被杀虫的药烟熏到了一样。

蜘蛛忽然不约而同地向后退去，涉入水中，转眼便逃得无影无踪。魏清和铭泰不知道发生了什么事，茫然对视。魏清这才想起那些“钥匙”，赶紧低头寻找它们，结果找到了四个“钥匙”，唯独没有找到那个黑色的圆球。

“你闻，”铭泰用力地吸了吸鼻子，“空气中好像有股味道。”魏清赶紧吸了口空气，果然发现里面弥漫着一股甜香。再仔细闻，魏清发现这股香味是从海水里发出来的。

“啊，我明白了！”魏清看了看海水说，“那个黑色的圆球，实际上是一种药丸……是驱赶这些蜘蛛的药剂！它刚才掉入了海水里，被海水化开了，发出这种气味，把蜘蛛都赶走了！”

如果这些钥匙没有掉出来，或者这个圆球没有凑巧滚入海水之中，他们肯定会变成这些蜘蛛口中的美食。魏清和铭泰想起刚才的险境，既觉得心有余悸又觉得庆幸无比，久久地握着双手，相视而笑，把之前的芥蒂全部忘了。

一个浪头打来，击得礁石大响一声。铭泰如梦初醒，赶紧拉着魏清朝小船走：“我们得赶快离开这里，说不定药效一过，那些蜘蛛就回来了！”

“嗯。”魏清幸福地答应着，用的是从喉底黏膜里发出的假声，柔美而又香糯。她下意识地握紧了铭泰的手，感觉无比甜蜜和幸福。铭泰却把手从她手中抽走了。魏清一怔，发现铭泰目不斜视地盯着前方，只顾往小船那里跑。魏清的目光顿时冷了下来，心底的柔情也不复存在。她低着头跟着铭泰回到了船上，之后没有对他说过一句话。

她对铭泰的感情刚有这么一丝回暖，就被铭泰无情地给冰冻了。她感到这次自己受到的伤害甚至比被他拒绝时还要大。一细品自己的伤痛，不但自己的心痛，甚至连胸前的伤口也会痛起来——那是约翰给她留下的伤害。她现在对这两个男人都很心寒，格外地想念起阿虎来。

第二天船继续航行，魏清若无其事地指挥大家起锚扬帆，把所有的伤痛都藏在心底。然而她的伤痛在珍爱她的男人面前是藏不住的。铭泰看着她强颜欢笑却略显苍白的脸，脸上的表情无比的阴霾。约翰看看她，又看看铭泰，深深地叹了口气，尾音里似乎带了股血腥味。那是他心底流出的血。

今天的大海异常和顺，太阳懒懒地照在甲板上，把大家也弄得有些懒懒的。约翰悄悄地走近铭泰，离得好远就被铭泰发现了，还被他狠狠地瞪了一眼。

“你想干什么？”铭泰的目光和语气都很刺人。

约翰脸上的肌肉微微动了动，忽然换上一副灿烂的笑容：“你好啊，兄弟！”

“有什么话就快说！”铭泰不耐烦地说，脸绷得紧紧的。

“哈哈……”约翰干笑了几声，走到他身边，靠在船舷上，“那天你做得很不错啊，兄弟。很能克制，也很有责任心！”

铭泰一惊，脸上泛起一层黑红：“那天……你也在？”

约翰没有回答，只是低低地垂下眼帘：“那天我才确定你是真的爱她，因此也决定帮你们。”

“我不需要你帮助！我是必须要离开的！”铭泰低吼道，声音撕裂了。

“既然如此，我会好好照顾魏清。”约翰露出了不可名状的笑容。

“我跟你说过不许你接近魏清！”铭泰大怒，一把揪住了约翰的领子。

“哈哈，我就没说要占有她。我是要按我自己的方式，帮助她。”约翰的笑容无比复杂。铭泰迷惑了，抓着他领子的手也松了。约翰掰开他的手，微笑着走了。越走他的笑容就越凄楚，最后变得像苦血——从他心里挤出的苦血。

魏清他们很快就走出了蜘蛛怪的地盘。他们接下来要面对的是一片没有岛屿的大海，幸好他们的淡水和粮食还算充足。不见陆地的航行总是枯燥和折磨人的，但相反，也促使她好好地研究那些“钥匙”。黑色的圆球已经用掉了，魏清的手里还剩下镜子、石人、小锚、金属钥匙这四个“钥匙”。魏清轻晃小锚的时候听到里面有碰撞声，打开一看发现是一些怪模样的种子。镜子则会反射出很迷离的光芒，魏清想起那块有魔力的宝石，怕这些光芒也有怪异的力量，对它不敢多看。

那把钥匙看起来没什么特别的，那个石人胸前则有一块“十”字形的图案，不知是什么意思。魏清研究了很久，对它们的功用仍感毫无头绪。大概只有到特定的时刻才能发现它们的功用吧。

关于这片海域，海盗王在图上画了一只眼睛。那是一只圆形的眼睛，周围布满了皱褶，虽然笔法拙劣，但令人不寒而栗。至于海盗王为什么画这些莫名其妙的东西，魏清早已有了猜测。大概是指海怪吧，那种居住在深海的，比船还要大的巨大的海怪。虽然这种东西只在航海传说中出现过，但在这片妖异之海里，什么事情是不可能发生的呢？

不知是不是心理作用，自从有此猜测后，魏清总觉得有东西在水下悄悄地跟着他们的船，并且这种感觉越来越强烈。魏清不由自主地回想之前听到的所有海怪的传说，忽然想起约翰说过的传说，顿感悚然心惊：传说海底住着一个长着八只角的巨大的海怪，它体型非常巨大，可以一下把最强壮的水手劈成两半……

魏清越想越觉得害怕，见约翰站在一旁，便出声问他：“你之前说的那种海怪……是什么东西来着？”

这是这么多天来魏清第一次主动跟约翰说话，约翰受宠若惊，又茫然失措，结结巴巴地说：“你……你说什么？”

“我问你那海怪的事情啊！”魏清着急地说，“你再说得详细一点儿，它到底是怎样的……”

船忽然“轰”地一响，接着便不动了。海船本来在全速航行，忽然停在了海面上，令人无比惊骇。船员们狐疑地朝船下探出头，魏清也走到船舷边往下看。

她的脸忽然变得全无血色，说话也结巴了：“有什么东西……在水里……把船抓住了！”约翰赶紧跑到船边，朝水里一看，脸也顿时变得毫无血色。船的下面有一块巨大的阴影，似乎有什么大家伙在下面，伸出爪子抓住了船底！

“刷”地水里忽然射出一个长长的东西，朝舷边的水手卷了过去。这是一个长长的触角，颜色黄白，内侧长有无数吸盘，眨眼间就把一个水手拦腰卷住。

“不好……”大家赶紧拔剑冲过去，忽然听这水手一声惨呼，硬生生地被触角拦腰勒断。鲜血像喷泉一样射了出来，接着触角将他的上半身高高扬起，不偏不倚正砸在魏清面前。

魏清朝死去的水手看了一眼，顿时眼前一黑，差点儿没吐出来：他身体的断裂处血肉模糊，似乎被很多小嘴咬嚼过。那些吸盘之中还有细齿！一触到猎物就开始咬噬猎物！

海面上忽然鼓起了一个圆形的“大包”，海水不停地从“包”上流下来。这是有巨物从海底浮起时才会有的现象。大家全被吓得呆若木鸡，直勾勾地看着海水从“包”上流下来。

天哪！这是一只比船还要大的章鱼！有一双猩红的、周围长着皱褶的巨眼！原来地图上的巨眼指的就是它！

章鱼伸出触角，卷住桅杆，往船上爬，同时伸出其他的触角卷向船上的水手。船顿时向一边倾斜过去，船员们站立不稳，纷纷朝一边滑去。只听得几声惨呼，又有几个水手被触角勒成了两半，更有几个水手被章鱼吞进了大口。

“大家别慌！”铭泰冲向章鱼，“跟着我斩掉它！”船员们从没见过这么大的章鱼，全都被吓坏了，一时间都没有跟他一起冲。忽见一缕金发飘扬，约翰拔出长剑跃了过来，同铭泰一起朝章鱼砍去。铭泰心头一宽，奋力一剑砍在章鱼的触角上。初时感觉坚韧，之后却感觉阻滞，感觉就像砍到了肉膜包裹的石头。天哪！这章鱼的肉如此坚韧……铭泰根本无法斩断它的触角！

章鱼用力地一甩触角，把铭泰弹开数丈。铭泰借力跃向一边，站稳后在触角之间向前奔进，打算攻击章鱼的身体，约翰也持剑奋力朝章鱼砍去。船员们原是身经百战的海盗，瞬息之间便恢复了骁勇善战的劲头，见铭泰和约翰如此勇猛，个个也都涌起了斗志，纷纷拔出斧头朝章鱼砍去。

这边大家群战章鱼，那边魏清却没有急着加入战斗。她从怀里掏出那些钥匙，想找出对付这个章鱼的钥匙。但是这些钥匙怎么看都和章鱼不搭调，海盗王真的留下对付这个章鱼的东西了吗！

“魏清！小心！”铭泰忽然大喝一声。魏清一惊，抬头看见一只触角正朝她卷过来，赶紧握着钥匙跃向一边，顺便看了章鱼一眼。

那章鱼的眼睛猩红如血，无比恐怖，中间有一道“十”字形的伤痕……嗯？这道伤痕的形状……好像和石人上的花纹一样！难道说……

魏清赶紧对准石人上的花纹狠狠一摁。只听“刷”的一声，从石人的头顶冒出一截青锋，足有二尺多长，石人也自动变成了一个剑柄。魏清拿起剑看了看，只觉得剑锋上青光耀眼、寒气逼人，脸上的毛发被寒气所摧，一根根地直立起来。这是一把罕见的利刃啊！“啪”的一声，铭泰手中的长剑被章鱼的触角打飞了，人也被击倒在地。章鱼扬起触角朝他卷来，眼见就要卷中他。

“小心！”约翰忽然从旁边冲了过来，一手推开铭泰，另一只手持剑朝章鱼的触角斩去。只听“锵”的一声，约翰的剑虽然砍进了章鱼的触角，却丝毫没有伤其筋骨，反而由于触角过于坚硬而断折。章鱼的触角猛地将他拦腰卷住，眼见就要把他拦腰勒断。

“不可以！”魏清大叫着冲过来，一剑向章鱼的触角斩去。只听“哧”的一声，章鱼的触角被齐齐地斩断，掉在地上，跳动了几下才停止不动。章鱼吃痛，其他触角全向魏清卷来。魏清扬剑便斩，又将章鱼的触角斩断了两条，完全像砍瓜切菜一般。章鱼似乎想起了这个曾经斩伤它头的利器——现在想来，章鱼头上那“十”字形的伤痕就是此剑所斩，于是迅速缩入水中打算远遁。大家觉得船猛地一晃，接着拔高了好多，接下来又被章鱼下潜时激起的海浪推了好远。魏清走到舷边往下看，看到一个巨大的黑影沉入水中，过了好久才消失。回头看船上，已经满目疮痍，甲板和船舷很多地方被打烂，甲板上到处是血和黏液，唯一值得庆幸的是桅杆没被打断。

大家检视伤亡情况，发现死亡八个人，受伤二十二个人。其中约翰的腰部有一大圈皮开肉绽，鲜血流了半身。魏清奔到他身边，看到他腰间血肉模糊，心头感到一阵抽痛。铭泰也来到约翰身边，对着他上上下下地打量，脸色无比阴霾，一副心事重重的样子。

虽然章鱼已经远遁，大家仍怕它会返回，来不及检修船体便扬帆远走，直到离那片海域很远后才敢找个岛屿停靠，检修船体。在航行的过程中，大家已经互相包扎好了伤处。约翰在船舱里休息，因伤口剧痛，止痛药又作用不大，被搞得脸色憔悴、精神涣散。就在他闭上眼睛准备休息一会儿的时候，舱外忽然响起了脚步声。他抬起头一看，随即皱起了眉头：铭泰来了。

约翰低了低头，换上一副热情的笑容，招呼铭泰道：“兄弟，你来了！快坐！”

铭泰找了个地方坐下，凝视着约翰，眼中似乎要凝出火星来。“你干什么啊？别告诉我你对男色也有兴趣……”约翰被他看得很不自在，笑着调侃道。

铭泰垂下眼帘，轻轻地叹了口气，幽幽地说：“这就是你照顾魏清的方式吗？”

约翰一凛，低下头苦笑道：“你发现了？”

“是啊。”铭泰苦笑着叹了一口气，笑容苦得几乎能拧出苦汁来，“我觉得……这对你很不公平。”

约翰轻轻地咬了咬嘴唇，故意装傻笑道：“你在说什么？我听不懂。”

“当时你在救我的时候，已经准备豁出性命了吧？”铭泰盯着约翰的眼睛，声音有些发颤，“你是怕魏清伤心，所以才会舍身救我，对吧？这就是你照顾她的方式！”约翰脸上浮现无比温柔但又略带哀伤的神情，深深地低下了头。

铭泰深深地叹了口气，盯着约翰看了半晌，忽然割肉般地说：“你……还是你跟魏清在一起比较合适吧。我现在认定……你是真的非常爱她。”

“不，”约翰的目光无比凄楚，嘴边却带着笑意，“她爱的人是你。只要她的心里还有你，我就不会去打扰她。我会一直默默地守在她身边，照顾她。”

铭泰深深地皱起眉头，整张脸上的肌肉也一并收紧：“可是我最终会离开！”

约翰没有应声。

铭泰明白了，凄凉地笑着：“你是说我以后会改变主意，对吗？”

约翰没有说话，嘴边浮着的笑意渐渐转淡。

铭泰凄然地笑了几声，站起来就走了。约翰仰起头看着天花板，像尊雕像般地久久不动。

又有脚步声响起了，这次来者是魏清，她捧着一碗药，脸上带着红晕，眼睛水汪汪地看着约翰。

约翰见她来了，想笑着说几句俏皮话，最终却没有说出来，只是羞赧地低下了头。

“伤口好些了吗？”见他如此，魏清也有些不自在，轻轻地把碗放在他床头的桌子上，只敢看他腰间的绷带。

“好多了，哈哈，一看到你我的伤口就不痛了。”约翰终于挤出了一句俏皮话。

“去！”魏清脸红了，嗔怪道：“受伤了还这么不正经……你不要再装了！我知道你伤得很重！这么大一块都烂了……那章鱼的触角说不定还有毒……你要小心休养！”

“哎哟，姑娘，”约翰撇了撇嘴，“我知道伤得重，但我总不能哭吧？哎哟，我好不容易才乐观起来，你这一说我又开始悲观了……”

“哎呀，对不起！”魏清慌忙道歉，脸更红了，“你赶快把我说的话忘掉……这药还热着呢，你趁热喝了……”

“你喂我喝我就把你说的话忘掉。”约翰调皮地笑着，眼底却藏了一丝酸楚。不知为什么，决定放手之后，他却格外想对魏清说俏皮话。必须得说调皮话吧，如果不用它来分散注意力，他恐怕随时都会痛哭出来。

他原以为魏清会再骂他一句没正经，然后再转身离去，没想到魏清只是撇了撇嘴，竟真拿起勺子喂起他来。约翰没想到她会这样做，喝第一口药的时候差点儿呛到，看到她白嫩的手就在他的颊边，又感到一阵眩晕。

“今天……听说你是第一个跑去和铭泰并肩作战的。”魏清一勺一勺地喂着他，脸上的神情无比温婉，“你很勇敢。”

“哈哈，也算不上勇敢……”约翰干笑着，心里却猛地紧张了起来：难道……她也发现了他舍身救铭泰的意图吗？

“还不勇敢啊？当时其他人可都缩在船板上打哆嗦呢，”魏清微笑着说，忽然深深地垂下眼帘，声音也低了下去，“其实……我很过意不去……为了我，你没必要这么拼命的……”

约翰听她没有提及铭泰的事情，心里大大地松了一口气。又见她这副样子无比的惹人怜爱，心情顿时大为激动。他怕魏清看出他心情激动，赶紧低下头来，笑着说：“我当然要勇猛一点儿啊，我也要分宝藏的嘛。如果我们就这样在章鱼的爪下尽数覆灭了，我们还怎么去寻宝啊？我这也是为自己。”

“哈哈，说的也是。”魏清笑了笑，表情却未见轻松。她知道约翰是想让她宽心才这样说的。之后她拣了些轻松的话题跟约翰随便聊聊，想让他放松精神。约翰见她闭口不谈他舍身救铭泰的事情，估计她是没看到那一茬儿，便彻底放了心，却也感到一丝郁愤和不平——他为她付出了这么多，她竟然丝毫不知道！

魏清帮约翰掖好了被子，说回头再来看他。约翰轻轻地应了一声，表情就像刚被哄过的孩子一样满足。魏清轻轻地走了出去，再轻轻地把门带上。她关门的声音几不可闻，约翰却像被震到了一样，深深地皱起了眉头。

魏清关上门之后并没有急着走，而是悄悄地立在门边，注视着门板。她知道门内的约翰一定非常苦闷，她甚至觉得自己可以看见他深皱的眉头。其实，约翰舍身救铭泰的时候，她看见了，当时也大感迷惑。她对约翰的意图进行了多种揣测，但总是揣测不出，只有这样想：也许男人之间的感情和女人之间大不相同，约翰和铭泰共同经历了这么多风雨，已经成为兄弟。在关键的时候，兄弟之情会战胜男女之情。当然，还有另外一种可能，这种可能她已经想到了，却故意忽略它：也许约翰是为了她，才对铭泰舍身相救的。他是怕她伤心，才去用自己的命去换铭泰的命！

魏清紧紧地咬住嘴唇，身子剧烈地颤抖起来。如果真是这样的话，她欠约翰的就太多太多了！

有一种亏欠是永远无法偿还的，这就是感情上的亏欠，所以魏清既希望约翰是因为害怕自己伤心，才舍命救铭泰的，但是又希望不是这样的。如果不是这样的话，自己也就不需要太自责，不需要觉得亏欠约翰太多。

最后魏清用力甩甩脑袋，希望把这些令人烦恼的感情问题统统抛却，毕竟自己刚刚战胜了可怕的章鱼，这个时候应该享受胜利后的喜悦，不应该因为感情的事而烦恼。

之后的一个月都很平静，正好给船员们休养的时间。约翰、魏清和铭泰尽量减少见面的机会，以免大家感到尴尬。尽管有很多场合是在所难免要聚在一起的，但是这个时候大家也都有一搭没一搭地说几句，能不说话的时候尽量不说话。海盗的小喽啰们都感觉三个人在一起非常别扭，但是没有谁能找到办法打破这种僵局。

大家都在等待一个最终的时机，一个或者恩断义绝或者两情相悦的结局。但是最终的结局是喜是悲，没有人说得准。把一切都交给时间和老天，每个人都遵循命运的安排，等待彼此的选择，不论最终谁选择了谁，都避免不了一个人要心碎。

但是尽管三个人都缄默不语，或者只是浅谈两句，但是内心最为痛苦挣扎，最为汹涌澎湃的仍然是铭泰，自己的特殊身份，自己对魏清的恋恋不舍，就像是伐木工人在他的心头拉大锯，让他生死不如。

第十五章

不讲信用的女王

约翰和铭泰没有办法，只好带着大家下船上岸。士兵们从树丛后面牵出马车，让他们乘坐。约翰和铭泰都担心魏清，便找了一辆最好的马车，让魏清靠在车厢的中央，他们各坐一边，一起看着她。魏清的脸青中带灰，软软地倚靠在车厢里，让他们说不出地心疼。他们谁都想把魏清抱在怀里，但碍着对方，谁都不敢越雷池一步。

这个月很快便过完了。他们来到了航线上最大的岛屿，和之前那些岛屿不同，这个岛屿上不仅有人烟，而且他们的文明程度也不低。人们都住在石头建的房子里，男耕女织，夫猎妇渔。这里的男人穿着短衫短裤，蓄着短发，女子上身着露臂短衫，下身着筒式长裙，头顶盘着发髻，头上别着发簪和穿着绣满花纹的衣服。魏清带着船员们拿着银子上岸，向他们购买食物和淡水。居民们都很高兴，拿出最好的食物给他们挑选，并指出最干净的水源让他们取水。

魏清喜滋滋地把圆滚滚的水果往口袋里装，看着它们鲜红翠绿的样子，恨不得立即咬一口。

“哎。”铭泰忽然凑了上来。

“你……有什么事吗？”虽然是背对着他，魏清的脸还是红了，语气也有些不自然。

“这些人在招呼我们买东西的时候，有几个青年慌里慌张地跑出了村子，像是给什么人报信。为防不测，我们还是赶快走吧！”

魏清一激灵，赶紧招呼大家加紧装货。可就在他们快把货装满的时候，忽然听见脚步声响起，一群穿着藤甲、拿着长矛的士兵冲了过来，把他们团团围住。魏清他们赶紧背靠背围成一圈，拔出刀剑对准他们。

“别慌张，尊贵的客人，我们没有恶意。”一个女人拨开士兵走了出来，笑容可掬地说，用的竟然是汉语。语调虽然生硬，吐字倒很清晰，和魏清他们做简单的沟通是没问题的。

“既然没有恶意，干吗用长矛指着我们？”魏清盯着那些士兵，一刻也不敢放松警惕。

“我们是来迎接你们的，你们是按着海盗王的图纸前来寻宝的，对不对？”

魏清一惊，这才朝那女人仔细打量。这女人衣衫光鲜，衣料的质地看起来非常好，脖子上戴着珍珠和宝石串成的项链，腰上戴着一条用贝壳和金珠串成的腰带，头上别着一只大大的玳瑁簪，眉心贴着梅花形的金片。

那女人见魏清用怀疑的目光打量她，嫣然一笑，露出如珠似玉的牙齿，“我是这个国家的女王，我们皇室奉海盗王之命，在此迎接前来寻宝的人。你们能够来到这里，证明你们已经越过了道道艰难险阻，个个都是百里挑一的勇士。请允许我在王宫为你们接风洗尘。”说着朝兵士们挥了挥手，兵士们立即站在两边，留出一条去王宫的路，并一齐做了个“请”的手势。

魏清皱着眉头看了看他们，对他们的话将信将疑。老实说，他们之前遇到过热情待客的岛民，结果却是差点儿被他们吃了。谁知道这个女人骗他们去王宫，是不是有不可告人的阴谋呢。对了，也许这个国家的王室也觊觎海盗王的财宝——据说海盗王的财宝无比丰厚，足以买下很多个这样的小国家，说不定想谋夺魏清的藏宝图和钥匙呢！

“对不起，”魏清微笑着对女王说，“我们急着赶路，想尽早出发，不敢在王宫叨扰。”

“没关系，”女王微笑着说，“海盗王对我的父亲有恩，他命令我们招待前来寻宝的人，我家的人一定遵从。因为前人运气不佳，我父亲终其一生也没等到能走到这里的英雄，最终郁郁而终。如果你们能到王宫去赴宴，让我父亲的遗愿得偿，我会一生记着你们的恩情的！”

这话说得有点儿过头了，越是客气过头就越可疑。魏清婉言谢绝了她的好意，执意要带着大家离开。那女王也没有强求，送了他们好远，并真诚地叫他们路上小心。

魏清回到船上，本想命大家立即起航，但见大家非常疲乏，又是新伤未愈，立即起航恐怕对他们身体有损，便犹豫着想叫大家再在这里歇息几日。她命大家提高警惕，如果岸上有丝毫异状就立即起航逃生。命令刚颁布下去，岸上就有了“异状”。只见一群穿着宫廷侍者衣服的人跑近岸边，手里拿着许多酒瓶和盒子。

大家拿着武器，站到船头问他们想干什么。侍者们满脸堆欢，奉上食盒和酒瓶，说这是女王送给他们的酒食。魏清思索了一下，叫那些侍者涉水走到船下，用绳子把那些食盒和酒瓶吊了上来。

食盒里装的都是美味佳肴，一打开香气四溢，酒瓶里的酒更是陈年佳酿。魏清拿出银簪试了试，发现这里面没毒。没毒并不代表没有迷药。魏清本打算不让大家吃它们，但这些酒食实在太香，大家全眼巴巴地看着魏清。魏清没有办法，再加上自己肚里的馋虫也在蠢蠢欲动，便拿出一些酒食，让几个人先吃，见他们没有异状后再叫大家一起吃。酒食很快便吃完了，大家坐下休息，没有丝毫异状。魏清这才觉得女王可能真的没有恶意，而自己对她却充满警惕。

之后的三天，一天三顿，女王总命人送来酒食。送酒食的人毕恭毕敬，从不越雷池一步。魏清渐渐相信那女王没有恶意，却仍不让大家轻易上岛。等到他们休整得差不多了，就在准备起航的时候，女王又送来很多珍珠宝石，说是临别的礼物。这次他们仍然守在船头，让他们用绳子把珠宝吊上去。

海盗总是爱财的，见到这些财宝，魏清简直爱死那女王了。这些珍珠大的宛如龙眼，小的也有小指甲般大，宝石个个颜色精纯、晶莹剔透，在阳光下精光耀眼。魏清一个个地拿起它们，在阳光下把玩。玩着玩着，她忽然觉得有些发晕，放下珠宝甩了甩脑袋，没想到这一甩便头晕眼花，接着便一跤倒地。

“怎么了？”约翰和铭泰齐齐抢上，都想去扶魏清，但斜眼瞥见对方也过来了，都呆了一呆，行动都略有迟滞。倒是公孙复一步抢上，把魏清扶住。

船下的人见魏清倒地，纷纷脱去身上的侍者服饰。原来他们都是士兵，贴身穿着藤甲，身上藏着武器。

“你们的船长已经中了我们的毒！三天后必将毒发身亡！”领头的一个人厉声喊道，“这种毒只有我们女王会解，你们如果不想让你们的船长死于非命，就立即跟我们去王宫！”

约翰和铭泰对视了一眼，都深深地皱起了眉头。

“照他说的办吧。”铭泰先开了口，表情和语气都有些异样。

“好的，”约翰沉着嗓子说，态度也有些不自然，“我们带一些船员过去，让公孙复带着剩下的船员在这里镇守。”

“不行！”船下的人听到他们的谈话，厉声大叫，“你们全得跟我们走，一个也不许留下！否则就算你们杀尽我们，女王也不会给你们解毒！”

约翰和铭泰没有办法，只好带着大家下船上岸。士兵们从树丛后面牵出马车，让他们乘坐。约翰和铭泰都担心魏清，便找了一辆最好的马车，让魏清靠在车厢的中央，他们各坐一边，一起看着她。魏清的脸青中带灰，软软地倚靠在车厢里，让他们说不出地心疼。他们谁都想把魏清抱在怀里，但碍着对方，谁都不敢越雷池一步。

也许因为马车颠簸，魏清慢慢地醒了过来，迷茫地看着约翰和铭泰，低声问：“我们……怎么下船了，出什么事了？”

“你好点儿了没？”见她醒来约翰非常高兴，但见她脸色青灰，心顿时又沉了下去。

铭泰叹了口气，尽量简略地把事情跟魏清说了一遍。魏清痛悔地叹了口气："唉……都怪我贪心……不该去摸那些财宝的……不知道他们要向我们谋取什么……"接着便剧烈地咳嗽起来。

"你别担心！我们一定会将这件事处理好的！"约翰见她情况转危，赶紧宽慰她。

"是啊，有我们这两个男人在，你不用担心！"铭泰也来宽慰她。

魏清微笑了一下，转身面向车窗，看着窗外的景物。她知道他们都会用尽所有的力量保护她，但这并不代表她一定能脱险。担心，还是会有一点儿的，但是她不能让他们看出来。

他们很快就进入了这个岛国的王都。王都周围有用石头砌成的城墙，但城墙满目疮痍，甚至可以说是残缺不全。里面的房舍也多有残破和坍塌的，很多高塔更是被毁得只剩下一半。难道他们前阵子刚受过外敌的打击，城池被毁成了这个样子吗？不像。这些废墟像是一种难以言喻的强大力量造成的，人绝不可能拥有这种力量——即使几千个人，几万个人聚集起来，都无法做出这种破坏。

魏清眯起了眼睛，大脑因思考而有些发晕：这个城池之前到底发生了什么？

他们很快就进入了王宫。王宫也是满目疮痍，只剩下一些低矮的宫殿，高一点儿的全被摧毁了。魏清他们被士兵用刀胁迫着走进王宫。女王坐在镶着珍珠和宝石的王座上，深不可测地笑着。魏清被铭泰和约翰搀扶着站着，尽量昂首挺胸，不输气势。

“哎呀呀，敬爱的女王陛下，你把我们请到这里，应该不是想请我们吃饭吧？”魏清想起她之前邀他们前来时所说的话，故意讥讽她。

女王打了哈哈，冷笑着说：“也算是吧……只要你们能帮我们解决麻烦，我们就会拿出最好的食物和酒来招待你们，之后还会送给你们很多珠宝。”

“哈？”魏清冷笑一声，“原来是想请我们帮忙啊。可是你这是请人帮忙的态度吗？”

“我那是怕你们不答应……”女王笑着说，目光忽然变得恶毒起来，“废话我就不多说了。这次你们必须帮我们的忙，否则就只有死路一条！”

魏清一凛。

女王看了看窗外，白皙的额头上暴出了青筋：“你看到我们城池里的废墟了吗？这全是因为那个自高自大的海盗王！”

“呃？”魏清一怔，“这些废墟都是海盗王搞出来的吗？他还有这种神力啊？”

“虽然不是他亲手做的，但也几乎没什么不同！”女王咬牙切齿地说，“在很多很多年以前，海盗王来到这里。我父亲敬他是个英雄，便设宴招待他。他和他的船员在我们这里大吃大喝几天，带着礼物离去了。然而就在他离去后的一天，那个怪物就出现了……它赖在我们这里，每隔三个月就要上岸来捣乱，摧毁房舍，踩死臣民……”

魏清想起城池里的那些废墟，顿感心中发寒：这怪兽一定是身高若塔，凶猛无比吧。也许比那只章鱼王还要恐怖。这片妖异之海还真是了不得，连这种东西都有。

女王继续说：“每次到它快来的时候，我们整个王都的人就要带着财富和粮食远遁，等它走后才敢回来，一回来就发现王都满目疮痍……我们思前向后，觉得这个怪物一定是海盗王带来的！它一定是追击海盗王来到这里的，却因为某种原因看上了我们的王都……明天就是那怪物出现的日子，我要你们把这个怪兽赶走！”

“什么？”船员们失声叫道，七嘴八舌地抗辩起来，“那可是怪兽啊！我们怎么能把它赶走呢？”

“我们虽然是海盗，但也是人！怎么有能力驱赶这种怪兽呢？”

“你这分明是强人所难！”

……

魏清侧着头听着船员们抗辩，冷笑着看着女王。船员们说的话，句句都是她的心声。要不是她中毒后无力，早跟着船员们一起大喊了。

“安静！”女王用力一拍王座的扶手，“你们难道不想让你们的船长活命了吗？”

大家一惊，立即住了口。

女王从眼睛下方注视着魏清，目光像蛇一样恶毒：“小丫头，你大概不知道这种毒药的厉害吧。刚中这种毒的时候没什么感觉，但等到三天后毒发的时候，就会感到身体奇痒，生不如死，如果用手去抓，会把自己抓得皮肉尽烂，活活把自己抓死。如果你有毅力不去抓自己的身体，最后也会全身腐烂，依然死得苦不堪言！”

魏清倒抽了一口冷气，原本青灰的脸色变得更加难看。

“你太不讲道理了！”铭泰大怒，朝女王大吼道，“我们不是不愿帮你，而是没法帮你！我们也是人，没有本事对付怪兽！你光残害她有什么用呢？”

“我不管！”女王恨恨地说，“既然是海盗带来的灾祸，就要由海盗来解决！再说，你们未必没有驱除怪兽的办法！”

这句话乍一听毫无道理，魏清却听出她另有所指：“你的意思是……”

“我听说，海盗王在这片海的几个地方，给寻宝的人留下了几个‘钥匙’，作为危难时的救命之物。其中说不定就有驱赶这个怪兽的东西。你们已经把‘钥匙’收集齐了吧！快拿他们驱赶怪兽！”

魏清皱眉把那些“钥匙”回想了一遍，实在找不出哪个东西能驱赶怪兽。女王对士兵叽里咕噜说了几句，士兵立即过来扯魏清。铭泰和约翰拔出刀子，不许那些士兵碰魏清。

“哈哈，”女王大声冷笑，“即便你们能把她留在身边，又有什么用？三天后她照样会毒发身亡！好吧，你们带她走吧！三天后好好欣赏她临死前的惨状！”

铭泰咬紧了牙齿，腮边因用力而出现凹痕，轻轻松开了搀扶魏清的手，同时轻轻拍了拍约翰。约翰咬了咬嘴唇，艰难地放下搀扶魏清的手。士兵把魏清扯到女王王座边坐着，女王用手抓着魏清的肩膀，以示挟持。“我们先带着你们的船长离开这里，你们则留在这里迎击怪兽！如果你们成功地把怪兽赶走，我就把你们的船长还给你们！否则，你们就等着给你们的船长送葬吧！”

王都里的人很快便撤走了，城里只剩下魏清手下的海盗们。铭泰登上城里唯一的瞭望塔（这个塔是上次怪兽前来破坏后建的。海上国家最怕海上来敌，即便知道怪兽来后会把塔摧毁，也要把它建起来），朝海上瞭望。约翰则在一边查看魏清给他们的钥匙。剩下的那个玩具个个纤小拙朴，活像小孩子玩的玩具。约翰实在看不出它们有驱赶怪兽的能力，想想那怪兽可能具有的可怕形象，又觉得心寒。他走到窗边，看着在城里各处埋伏着的兄弟们，自言自语般说道，“你觉得……那怪兽会是什么样的？”

“害怕了吗？”铭泰微微一笑，“我们只知道海里有龙……你们的神话中关于怪兽的描述应该比我们多啊，你觉得它应该是什么样的？”

“它是……”说到这里约翰忽然顿住了，接着便倒抽一口冷气。铭泰赶紧朝他所看的方向看去，顿时也吓得倒抽了一口冷气：在远处的海面上，有一块海水山峰般鼓了起来，不停地往下流，似乎海底正有什么庞然大物往上升。一个巨大的脑袋露了出来，竟是通体赤黑，两边各有一个绿色的眼睛。那个怪兽大步朝海边走来，海水在它身边掀起巨浪。它越往岸边走，身体就越往上升。约翰和铭泰渐渐看清它是一个直立着的怪兽，身体大概有瞭望塔那么高，长得有点儿像蜥蜴，两只前爪垂在胸前，用两只后爪立着，身后则拖了一条长长的尾巴。

“这是什么玩意儿……”铭泰的眼睛直了，约翰则是脸色苍白：即使是在神话传说里，他也没听说过这么恐怖的怪物！

那怪兽上了岸，忽然迈开大步跑了过来，转眼间已经接近瞭望塔！天哪，它竟直奔瞭望塔而来！

约翰和铭泰赶紧朝塔下逃去，然而他们才刚下了一层楼，那怪物就已经跑到了瞭望塔边，“嗷”地大叫一声。吼声震云天，把整个塔都震动了。约翰和铭泰差点儿被震倒在楼梯上。怪兽吼完了之后又伸出爪子推塔，塔很快便晃动起来。约翰和铭泰吓得魂飞魄散，拼了命地朝塔下逃去，终于在塔倒之前逃了出去。

那塔不知是用什么材料砌的，异常坚固，被怪兽推了一把只是歪了一点儿，并没有倒。怪兽准备再推它，却看见塔里跑出了两个“小东西”，顿时朝他们看了过来。

再说魏清。早上她被女王的近侍挟持着，和女王一起出了城，藏到王都外的一片丛林里。近侍找了一块干净的地方，铺上草席请女王坐下，又把魏清的座位安排在女王身边。

“哎呀……好痛苦啊……”魏清一坐下来就开始哼哼唧唧。女王白了她一眼，并没有理她。但魏清哼个不停，终于让她不耐烦了。

“亏你还是海盗呢！”女王走近魏清的身边说，“现在你会有些不舒服……但也只是小小的不舒服而已！你这哼哼唧唧的算什么啊？”

“我真的是很难过啊……”魏清苦着脸说，“简直感觉自己快要死了……”

“忍忍吧你！”女王嘴一撇，忽见魏清的嘴边留下了一道血丝，立即被吓了一跳，“你真的很难过吗？”

魏清没有说话，大声咳嗽起来，咳出了一些血水。女王有些慌张，赶紧去搭她的脉搏。要知道这种毒药的药效她只是在书上读到过，人中了毒之后到底有什么反应她也说不准。现在见魏清真的是一副快死的样子，顿时慌了神。

魏清的脉搏竟然似有似无。女王慌了，又去摸魏清的颈脉。此时她已经顾不得戒备，身体离魏清很近，魏清的嘴边忽然浮起一丝阴笑，忽然一把抓住她的肩膀，用手卡住她的脖子：“你要是敢乱动，我就扭断你的脖子！”

女王大骇，她的侍卫们也吓坏了，赶紧围拢上来。

“谁敢动，我立即就扭断她的脖子！”魏清大声喝道，把那些内侍都吓得退了回去。

女王恼怒无比：“你！你竟然骗我！”

“是啊！”魏清得意地笑了笑，“为了装得像点儿，我故意咬破了自己的舌头……哎哟，你不知道，咬舌头真是好痛好痛啊。对了，你是不是觉得我的脉搏很奇怪啊？哈哈，我告诉你哦，在你搭脉的时候我悄悄地按住了肘窝，肘窝一被按住，脉搏就会变得很轻。”

女王想用力挣扎起来，却丝毫动弹不得。

“哼，你力气倒很大啊。没想到你中毒之后还能这么精神。”女王悻悻地说，语气里是掩饰不住的慌张。

“当然了，我是海盗啊。”魏清得意地笑着，竭力掩饰自己的虚弱——其实刚才已经把她储存了半天的力气都快用光了，此时的她已是满眼金星，眼看快要支持不住了。要想脱险，必须尽快让女王拿出解药来。

魏清一只手仍卡在女王的脖子上，另一只手却伸到女王背后，轻轻地在她背上摸了几下。

“你干什么？”女王心里有些发毛。

“让你也中毒啊。”魏清冷笑着说，“我听说毒素通过血液也可以传播的。我把我的血也涂到你的身上了。你这种毒药这么厉害，我光摸了一下就中毒了，你现在身上涂了我的血，恐怕毒会中得更深吧。”

女王发出了惨绝人寰的尖叫，用质询的目光看向侍者们。侍者们一脸紧张，满眼迷茫。刚才魏清做小动作的时候手被女王的身体挡住了，他们谁也没有看见魏清是否真往女王身上涂血了。魏清看着他们狼狈的样子，非常想笑，但咬牙忍住了：她刚才只是在女王的背上摸了几下而已。以她现在的姿势，弄破手指很是麻烦。她才不想给女王逃跑的机会呢。

女王剧烈地发抖，背上瞬间积满了汗水。

“哎哟，”魏清鄙夷地说，“怎么吓成这样了啊？这毒药真这么可怕吗？”

女王没有回答，抖得更厉害。

“好了好了，别这么害怕，”魏清冷笑着说，“你又不是死定了，你赶快叫你的侍者把解药拿出来，给我们服下。”

女王赶紧叫侍者拿解药。其实，以现在的形势，女王只要再跟魏清僵持一会儿，情况说不定就会有所改变。但她对这种毒药非常恐惧，不愿让它在自己身上多留一刻。

“好……我马上叫侍者把解药拿过来……”女王用颤抖的声音说，牙齿也在上下打架。

“不，你找个侍女……”魏清朝侍奉女王的宫人扫了一眼，看中了一个看起来只有十岁的小宫女，沉着嗓子对女王说，“你叫那个小丫头拿解药来！”

女王不敢有丝毫违抗，沙哑着嗓子对那个小宫女喊道：“快去拿！”

小宫女拿来了解药，战战兢兢地朝魏清和女王走去。因为年龄太小的缘故，她全身都在打战。

“拿来喂给我们，”魏清用犀利的目光看着她，“先喂给你们的女王！”以防女王早有准备，叫人拿毒药来。

宫女把解药送到了女王的口边，女王一口吞了下去。看来的确是解药。魏清叫宫女把解药喂给她，手仍然卡在女王的脖子上，并全身戒备侍者和这个小宫女有所异动。这样一心三用很是费神，魏清不仅感到眼冒金星，更觉得心都要从胸腔里跳出来了。

魏清终于吞下了解药。这解药奇效，魏清吞下它不久就觉得全身舒坦，再过一会儿就觉得精神抖擞，全身是劲。

“你该放我了吧？”女王可怜巴巴地说。

“对不起！”魏清狡黠地一笑，“你还得陪我一会儿。”叫侍者牵来一匹马，自己挟持着女王上了马，一夹马腹，绝尘而去。

怪兽对铭泰和约翰颇感好奇，低头朝他们细看。

“我们分头跑！”约翰朝铭泰喊道。两个人立即朝相反的方向逃去。然而可能是因为约翰金发耀眼，怪兽对约翰很感兴趣，朝他的方向一伸头，张口大吼。

约翰感到一阵巨大的气浪和声浪冲来，被震得飞了起来，落到一座废墟后面。怪兽把脸贴近废墟，仔细地寻找约翰的踪迹。约翰趴在一堆乱石后面，透过石头的缝隙看到怪兽的巨口就在外面，不禁吓得魂飞魄散。

忽然一个石块飞来，重重地打到了怪兽的头上。怪兽很不高兴，转头朝石头飞来的方向看去，发现是铭泰在扔石头！他正站在一片空地上，位置比约翰还要不利！

怪兽转过身朝铭泰扑去，铭泰站的地方是空地，怪兽一来根本就避无可避，要跑也远远跑不过怪兽，转眼就要被怪兽追上。怪兽张开血盆大口，对着他伸出舌头，打算用舌头把他卷到口里去。

“不可以！”约翰拔出长剑朝怪兽的眼睛掷去，正中怪兽的眼睛。眼睛是怪兽身上最敏感的地方，怪兽痛得大吼一声，转身又朝约翰冲去，伸出大脚朝他踩了过去。

约翰感到一大块阴影兜头而下，情急之下忘记了恐惧，咬着牙只顾狂奔。忽然听到后面一声巨响，一块巨石飞了过来，重重地击在他的后背上，把他砸得飞出了数丈，跌在地上，口吐鲜血，动弹不得。

原来怪兽一只眼睛已经看不见了，行动没有准头，一脚踩在了约翰身后的废墟上面，虽然没有踩中约翰，但也激起石块砸到了约翰，令他受伤甚重。

怪兽以为自己把约翰踩死了，转头又朝瞭望塔走去。因为一眼刚瞎的缘故，它一面走一面甩头，也忘了去找铭泰麻烦。

“约翰！”铭泰朝约翰跑了过来，拖起他藏到一块巨石后面。

“刚才你为什么要帮我？”约翰一见他就问，“难道你也想学我，为爱牺牲吗？”

“不，”铭泰脸上的肌肉剧烈地抽搐了几下，但随即泰然了，“我不是因为魏清才帮你的！

我是为了你……才帮你的！”

“怎么？”约翰骇笑，“我还这么有魅力吗？”

“我救你，是因为我……已经把你当兄弟了！你是个真男人！我敬佩你！”铭泰一字一顿地说，表情很泰然。

“哦，”约翰微笑着闭上眼睛，铭泰的这席话让他胸口滚热，然而他还没来得及激动，就感到胸口剧痛，猛地吐出一口鲜血。

“约翰！”铭泰急了，赶紧去摸他背后的伤处。

“约翰！你怎么了？”魏清也冲了过来。她刚才骑马冲来，看到了约翰救铭泰的一幕，铭泰救约翰的那一幕却碰巧没有看到。

“天哪……天哪……”魏清冲到约翰身边后发现他嘴边全是鲜血，眼睛黯淡无光，脸色顿时白得吓人，“你不会死吧？”说到这里感到心头绞痛，眼泪像断了线的珠子一样坠了下来。

“你先别慌……”铭泰此时的心情无比复杂：约翰受伤后他也很感伤痛，见魏清如此关心约翰后却又很感嫉妒。

魏清滴了几滴眼泪，忽然一抹眼泪盯着约翰的眼睛。约翰见她目光炯炯，被吓了一跳，下意识地躲避她的目光。

“我刚才看到了，”魏清一字一顿地说，“你刚才救铭泰……是豁出了性命的！你为什么要这样做？是不是为了我？”

约翰一惊，张口想要说他是为了兄弟之情才救铭泰的，没想到一口气走岔了，胸口剧痛，一时张不开口来。

“因为他不想叫你伤心，”铭泰幽幽地说，“他知道……如果我死了……你会很伤心，所以即使豁出性命，也要保护我！”

“你是这样想的吗？”魏清目不转睛地盯着约翰。约翰本来还想否认，但想起自己苦恋她的辛苦，忽然不想再否认，苦笑着说：“是啊。这就是我爱你的方式……”

魏清觉得自己的心被狠狠地撞了一下，眼泪潮水般涌了出来，她紧紧地抓着约翰的肩膀，用颤抖的声音说：“你这傻瓜……”

铭泰黯然地转过头去，捏紧的拳头微微地颤动。

“嗷！”怪兽又号叫了一声，把大家都吓了一跳。只见那个怪兽站在瞭望塔前，用力地推着瞭望塔，一边推一边吼。瞭望塔上的石头纷纷落下，马上就要崩毁了。

“我们快走……”铭泰看了一眼怪兽，迅速背起约翰，忽然瞥见魏清正呆呆地看着怪兽。

“快走啊！”铭泰加重了语气。

魏清不应，反而朝怪兽踏近了一步：“它的吼声很急切，很悲凉……似乎希望有什么东西能回应它……啊，它是希望塔能回应它！”猛地转过身来，从约翰的怀中掏出那个镜子。那个镜子虽然经过震荡，但没有被跌坏，在阳光下闪着迷离的光。

魏清朝镜子里仔细地看了看，大声说：“就是这个！”然后把镜子对准阳光，慢慢地变换角度。忽然，镜子里射出了一道迷离的光柱，直投到天上的云朵上。接着神奇的一幕出现了，天边出现了一个闪着微光的画面，里面出现了很多和怪兽形态相仿的生物。怪兽看到它们，高兴地吼了一声。远方传来了一声回声，听起来就像那些生物在回应怪兽一样。怪兽大踏步朝海中走去，慢慢地消失在海里。大家目不转睛地看着怪兽离去，直到它在海里彻底消失，才稍微松口气。

“这是怎么回事？”女王走到了他们身边，迷茫地问。

大家都吓了一跳，谁都不知道她什么时候过来的。刚才魏清看到约翰受伤，情急之下不再顾她，她便逃到僻静处藏了，等怪兽走了才敢出来。

“它是把这塔看成同类了，想跟它交流。”魏清心有余悸地看着怪兽消失的方向，“这东西的智商应该很低……把一切高的建筑物都看作自己的同类，得不到回应就把它摧毁！”

这个怪兽，恐怕是因为某种原因幸存下来的恐龙。独自在这个世界里生存，找不到任何一个同类，感到非常寂寞。同时因为智商极低，又非常寂寞，所以把一切和它体型相近的东西当作同伴，拼命想和它们交流。想来它每天都在寻找同伴吧，它之所以每隔一段时间就来这个岛国一次，恐怕是它已经在其他地方找了一圈回来了。智商低下的生物虽然头脑简单，行动却极具规律性。海盗王可能和它遭遇过多次，它更可能把海船当成在海上游的同类，追着它不走。海盗王大概因为机缘巧合，得知了它的意图，所以便设计了这个镜子，把它同类的形象（估计是照它的样子画的）印在镜子底部，让它和阳光相交的时候能映照出假象——至于他怎么能让这种假象映照在天边，就不得而知了。

“你们……把这个镜子留给我们好吗？”女王怯怯地问。

“嘁！”魏清撇了撇嘴，“别忘了你们之前干过的事！我怎么可能把镜子给你呢？”

女王的脸红了，小声说：“我们可以送你们珍珠和宝石……我们这里有效力奇佳的伤药，可以让这位伤者尽快痊愈……”

魏清看了看约翰，脸色稍微缓和了一些：“那好吧……不过你们要保证他完全痊愈！否则就算把镜子砸碎，也不把它给你！”

女王连声答应。此时藏在各处的船员们纷纷走出来，抬起约翰朝王宫走去。女王则去把藏在丛林里的臣民叫出来，准备酒宴，款待魏清一行。

第十六章
最后的选择

魏清目送着铭泰驾船离去，目光有些凄然，但更多的是释然。约翰走到她身边，牵起她的手，轻轻地问——他的语气很温柔，声音却止不住地颤抖：“你……什么时候决定选择我的？”

女王把岛上所有珍贵的酒菜都拿了出来，酒席丰盛异常。魏清一开始还担心他们会伺机夺走镜子，然后翻脸，一直凝神提防他们。后来见他们并没有抢夺镜子之意，警戒之心便渐渐地淡了。酒菜虽然丰美异常，但魏清就是没心思吃，一直挂念着约翰——约翰因为受伤，躺在床上不能动，不能吃荤也不能饮酒，只能吃点儿拌糖稀饭，想来真是苦得很。魏清胡乱吃了点儿东西，就到后面去看约翰。约翰正半躺在床上，由侍者服侍着喝药。魏清轻轻地走到他身边，默默地从侍者手里接过药碗，舀起药朝他嘴里喂去。

约翰还没喝到药脸就红了，因为伤重，他已经很难再掩饰感情。他偷偷地看着魏清的脸，目不转睛。魏清的眼帘轻轻地垂着，脸上的表情像醍醐一般甘甜美好，细腻温柔，却又一团模糊。约翰不知道她为什么会对他这么好。是终于对他移情了？还是觉得他对她恩情深重，以此作为补偿？一想到这里，他的心就乱得难以言喻，忍不住咳嗽起来。

魏清放下勺子，轻轻地问他："你在想什么？"

约翰的脸红了，神情忸怩地说："没有。"

"你骗人。"魏清淡然地看着他的眼睛。

"真没有……"约翰慌了，下意识地躲避着她的目光。

魏清依旧盯着他的脸。不知是不是心理作用，约翰觉得她的目光很灼热，灼到了他的脸。魏清轻轻叹了一口气，舀起一勺药朝他嘴里喂去。约翰赶紧把药吞下去，干笑着岔开话题："说起来，我们快到达目的地了呢。"

“是啊。”魏清低低地应着，捧着药碗的手剧烈地颤抖起来。

“不知道海盗王的宝藏能有多少啊，真让人期待呢……”约翰干笑着，忽然看到魏清的表情有异，被吓了一跳，“你怎么了？”

“我很害怕。”魏清的声音很低，眼眸流转，目光纷乱，“说起来也真丢人……身为海盗，怎么能害怕得到宝物呢……可是我就是害怕……”

约翰心中一痛，幽幽地说：“你是怕失去另一个‘宝物’，是不是？你是怕铭泰会离开你。”

魏清一阵慌乱，但最终还是轻轻地点了点头。按理说这事最不宜在约翰面前吐露，但不知为什么，她现在就是想向他倾诉——不知从何时开始，她已经把他当成了最信任的人，愿意把心中最柔软、最混乱的部分向他袒露。约翰苦笑了一声，魏清这样做让他的心里痛得难以言喻，渐渐地发木了——然而心发木了，他反倒淡然了，柔声说：“难道你忘记你的理想了吗？”

“我的……理想？”魏清有些茫然地说。

“是啊，我听别人说的，你的理想是找到宝藏，并成为下一代海盗王。即使你能找到宝藏，也只是前进了一小步，离你的最终理想还远得很。你怎么可以放弃你终生追求的东西呢？”

说到这里他顿了一顿，低声说：“我这不是鼓励你放弃铭泰……而是不希望你会连梦想也一并失去了。”

魏清惘然地看着前方，目光空虚得就像两团迷雾。然而在这两团迷雾中，有两点光亮慢慢地显现出来，最后变成了两颗星星。

“谢谢你。”魏清笑了起来，满脸都是欢快的表情，眼里却流下了两行清泪。约翰凄然地笑了笑，没有应声。魏清擦了擦眼泪，拿起勺子继续喂他，直到把药喂完。约翰虚着眼睛，一直不看她的目光。

魏清朝约翰微笑了一下，放下药碗离开了。她走出房间，忽然看到庭院的黑暗中有个人影一闪。

“是铭泰吧。”魏清已经知道他是谁了。

铭泰轻轻地叹了口气，从黑暗中走了出来。

“你怎么不进来？”魏清走到他身边，轻轻地牵起他的手。铭泰的手像只被吓坏的雏鸟一样扑腾了几下。魏清用力攥住了，低声说：“你是不是……看到我照顾约翰了？”

铭泰没有回答，腮边却扯起几道淡淡的青筋。

“你不高兴吗？”魏清轻轻地靠近她，想用自己的气息包裹他，却没有挨到他的身体。

“没有……”铭泰的表情很平淡，脖子内侧却暴起了青筋，“你的选择是正确的。”

“你误会了。”魏清轻轻一笑，又朝他挨近了些，却仍没有碰到他的身体，“我知道他对我很好，也知道他付出了很多，但是我的心仍然在你这里。”铭泰一惊，看向她的眼睛，赫然发现她的眸子在月光下玲珑剔透，目光却炯炯逼人："不管受到什么干扰，不管有没有别人爱我，我的心都会在你这里！"

"你不应该这样做！"铭泰急了，急得头脑发晕，心里却感到非常幸福。在这一瞬间，他甚至觉得自己的灵魂都要分裂了。难道这就是心情矛盾到极致的感觉吗？

"我觉得我应该这样做。"魏清逼视着他的眼睛，"感情，不是一座天平，不是谁付出的多就朝谁那边歪的。即使你亏欠我，伤害我，我爱的人依然是你！"

铭泰觉得心被重重地击中了，一时不知该如何面对她，赶紧转过头去。在这一刻，他感到心里乱得翻江倒海，似乎要爆裂开来。在这一刻，他第一次，也许是唯一的一次，感到自己的大业并不那么重要，而一心只想和魏清浪迹天涯。然而这种想法很快便被他的理性制止了。他并不是为了自己才要推翻他的哥哥的。他还肩负着挽救很多人的性命的使命，就算他想要抛弃自己旧有的人生，难道还能抛弃其他人的人生吗？

"对不起。"铭泰的声音忽然变得非常的坚硬和冰冷，"我觉得你还是和约翰在一起好。和我在一起，你会后悔的。"他拼命地挤压着自己的心肠，想让它变硬，却觉得自己的心肠马上就要碎裂了。

为了显示自己的绝情，也为了在崩溃前逃走，他用力地掰开了魏清的手，头也不回地离开了。魏清静静地站在原地，看着他的背影凄然一笑：她说过的，即使铭泰亏欠她，伤害她，她仍然会爱他。

一个月之后，约翰的伤已经好了十之八九，终于可以自由行动了，魏清一行又踏上征程。

最后的征程并不像他们想象的那么艰险，他们很快便无惊无险地到达了最后的目的地，新月岛——海盗王并没有在图上标出岛的名称。他们之所以叫它新月岛，是因为它的形状像一个新月。

他们朝海岛驶近，发现浅滩上到处都是船的残骸。它们像是被主人丢弃在这里，经过风雨侵袭、海浪拍打后而变得残缺不全。大家都有了一种不祥的预感，上岸后果然发现骸骨满地。

这些骸骨全都蜷缩在地上，东一堆，西一堆，有的身上还有残缺的衣物，有的身上衣衫已经烂尽，就那样静静地躺在地上。海风嗖嗖地从他们的骸骨中间穿过去，冷酷地奏响死亡之歌。

“这里发生了什么事？”魏清的心里有些发毛。

“不知道……”铭泰皱着眉头走近它们，发现它们的身上没有什么刀痕，骨头也没有变色，“他们不像是被杀死的……也不像是被毒死的……也许是因自然原因而死去的……”

“自然原因死去的？我看不像……”魏清沉吟着说。如果它们是自然死去的，那就更可怕——难道这里有什么奇异的力量，能让他们毫无原因地死去。的确有这种可能。想想他们在来的路上，遇到过多少可怕的考验，这里不可能毫无机关、毫无危险的。

船员们看着满地的骸骨，都有些发憷，没有什么比静默的死亡更可怕。魏清怕人心涣散，立即带着大家向藏宝图所指的地方冲去。

藏宝图并没有标出宝藏所在的地方。只在“月牙”的腰处画了垒在一起的三个半圆，就像垒在一起的三个馒头。在路上魏清一直在揣测这是什么东西，等到了地点之后才发现这是三块小山般的巨石。难道这就是藏宝的地点？魏清围着巨石转了一圈，又爬到上面看了看，发现这三块巨石通体光滑，没有钥匙孔，也没有能放入小锚的凹槽。看来这三块巨石上是不可能有机关了。难道宝藏就埋在巨石的下面？

魏清叫人从船上拿来铁锹，挖开巨石下面的浮土，发现巨石下面是一块巨大的石块，不知延伸到了何处。魏清用铁锹敲了敲石块，发现它比什么都硬。

“也许这不是藏宝的地方。”魏清把锹扔向一边，“也许这三块石头就是一个谜题，指出了宝藏所在的地方……”

阳光悄悄地转换着角度，忽然转到了一个特定的角度。魏清他们忽然看到巨石发出了奇异的光芒，接着竟变得透明。不可思议的事情出现了。巨石发出了刺眼的亮光，一直投射到天空中。在这片光芒里，有无数的金银财宝、盖世奇珍。大家的眼睛都直了，眼神都染上了财宝的光彩。

阳光的角度很快又转换了，巨石又变回了以前的样子。魏清重重地出了口气——刚才那些财宝的影像让她的心都颤了。她忽然听到周围全是粗重的呼吸声，转头一看，顿时被吓了一跳。

船员们竟然全都双目发直，饿狼般盯着巨石，一副着了魔的模样。魏清心中一凉，看了看巨石边散落的白骨——这里的白骨最多，忽然明白了：那些白骨，恐怕都是寻宝者。可能因为海盗王的宝藏的名气实在太大，有很多旁门左道的消息散乱人间。这些人恐怕就是凭那些旁门左道的消息，找到了这里，看到了巨石中射出的宝藏影像，却因为不知道开启宝藏的方法，而滞留在这里。他们本可以离开，但因为看了宝藏之后，实在舍不得走，便死死地守在这里，直到死去。魏清感到心里压抑、难过，下意识地倒退了几步。她得尽快找出开启宝藏的方法……如果找不到开启宝藏的办法，她就带着大家离开——可是她能把他们带走吗？他们已经完全是一副着了魔的样子！她赶紧朝约翰和铭泰看了看——她现在最在意的就是他们。只见约翰皱着眉头，若有所思，似乎并没有太被宝藏吸引，铭泰却是目不转睛地盯着巨石，目光都似乎要燃烧起来了。

魏清心中一沉，接着感到非常难过：他这么想得到宝藏，一定是因为他的大业吧。在他的心目中……还是大业最重要啊。大家在巨石边燃起了篝火，驻扎了下来。他们的营地紧挨着白骨，却没有一个人在意。大家都眼巴巴地看着魏清，希望她尽快把开启宝藏的方法找出来。魏清感到了巨大的压力，下意识地揪着衣服的下摆不松手。

公孙复带人去找食物，只找到了一丁点儿野菜和几条鱼。这个岛上大部分都是盐碱地，鱼儿也不知何故不接近海岸。他们能找到这些食物已经算不错了。看来以前的那些寻宝者都是死于饥饿或是营养不良。大家把船上的食物拿下来，分着吃了。

因为从那个岛国到这里是段很长的旅程，他们船上的食物和淡水已经被耗得差不多了。加上岛上缺乏食物，他们也坚持不了多久。魏清感到压力在慢慢地膨胀，坐在火堆边，看着剩下的钥匙——钥匙和小锚，冥思苦想，却什么都想不出来。

食物很快便吃光了，魏清沉不住气了。她叫大家围成一圈，把小锚和钥匙分给大家看，希望能依靠大家的智慧解开这个谜团，可惜谁也没有想出答案。大家很沮丧，对宝藏的欲望却更加迫切。魏清感动心中冰冷，接着变得空荡荡一片：她现在知道这个岛上的机关是什么了。就是人心！人对财宝的贪婪之心！

魏清的心里发木，似乎开始绝望了，绝望之后她反倒轻松了。她开始思考如何把伙伴们带走，却发现这个很难。大家已经像着了魔一样，尤其是铭泰。恐怕用刀子架着他的脖子，他都不会走的。唯一正常一点儿的，似乎只有约翰。想到这里的时候，魏清忽然感到心中一痛，接着便乱得翻江倒海：为什么是他呢？看来很难带大家离开了。魏清感到心里一片麻木，似乎真的绝望了。一种凄凉、悲伤，却又让她很安心的念头悄悄地从她心底涌出来，渐渐占据了她的整个思维。其实这样也不错啊。如果能和铭泰和约翰一起在这里死去，她就不用再被迫作出什么抉择，或是承受离别的痛苦了。这种想法刚出现时她就知道这样想不对，却又没法驱散它，反而越陷越深，无法自已。

她苦笑着看向铅一样的天空，长长地吁了一口气。她怎么会变成这样呢？宝藏近在咫尺，她竟然不想着尽快找出开启宝藏的方法，反而在想着放弃——想当初她是多么的乐观，多么的积极向上啊。难道女人一旦恋爱，就会变成另外一个人吗？

然而就算她现在积极起来，也没办法找到开启宝藏的方法。没有食物，大家很快便饥肠辘辘，更可怕的是，这岛上的泉眼不知是什么构造，竟然很快就没水了。即便这样，也没有人想要离开。魏清躺在地上，苦笑着吸吮着从天上降下来的淅沥小雨：说真的，她已经不想再守下去了。挣得全世界，赔上自己又有何用？可是大家全是一副不拿到宝藏死也不走的样子，尤其是铭泰——她能撇开他们自己离开吗？

这天夜里，大家都睡着了。尽管非常疲惫和饥渴，他们也能睡得很死。魏清却睡不着，约翰悄悄地靠了过来，低声对她说：“我们离开吧！”

魏清一怔，苦笑着说：“我是不会撇开大伙一个人离开的。”

“我是说我们一起离开……”被误解后约翰并没有生气，“我们不能再这样傻等下去了。再这样下去，我们就要死在这岛上了。什么宝藏都没有生命重要！你还记得我们船上还有些有麻醉作用的药材吗？”是啊，魏清想起来了，在出发的时候，为了给可能出现的伤员止痛，她在船上放了一些有麻醉作用的中药。

“我们找个方法，把这些药材给他们吃下去，等他们被麻翻之后把他们抬到船上，开船走人！离开这个地方后也许他们就会正常一点儿，即使他们仍舍不得宝藏，我不信他们还能跳海游回来？”这倒是个好办法，魏清暗暗地点了点头，但暂时没有表态。约翰以为他担心铭泰，赶紧补了一句：“至于铭泰，你也不要担心，之后我们好好地劝劝他，应该没什么问题的。”

魏清一听他提起铭泰，心猛地一沉，变得真的犹豫不决了。

“你……犹豫了吗？”约翰的脸色暗淡了下来。

魏清微笑不答，抬起头看着他的眼睛，目光湿漉漉的：“你不想要宝藏了吗？”

约翰脸上泛起一层黑红，低下头去低声说：“如果你不想走……就算了。”

“那你呢？”魏清凝视着他，目光更加湿润。

“如果你要留下来，我就在这里陪着你！”约翰的头低得很低，不让魏清看见他的表情，但这几句话说得斩钉截铁。

“是吗？”魏清淡淡一笑，眼中波光流动。虽然矛盾没有解决，但听了约翰这句话，她心里忽然感到特别踏实。

“那你……好好休息吧……”因为光线太暗，约翰没有看清魏清脸上的表情，低声嘟哝了一句便转身离去。魏清静静地看着他离去，轻轻地垂下眼帘。海风正嗖嗖地吹着，空气中弥漫着一股湿咸的味道。然而魏清却觉得空气中有股香气，就像春天来临，百花盛开时的那种香气。

大家进入断食又断水的第二天。魏清躺在地上，一动不动地看着铅一般的天空。她已经是等死般的心情了。虽然她知道自己必须得离开，但不知是惰性还是什么，她就是觉得自己不能离开。然而等死的心情是非常静谧的，魏清看了看铭泰，又看了看约翰，觉得自己的心情是罕见地安定。抛开饥渴的感觉，这样的感觉也很不错啊。

魏清看着散落在她身边的碎石，这些碎石通体灰黑，看起来冰冷粗糙，周围却装点着茵茵的绿色。这些碧色都是从碎石下长出来的。野草真是生命力旺盛的生物，即使被碎石压住，也会顶开碎石长出来……一道亮光划过魏清的脑袋，魏清猛地从地上坐了起来。她猜到了开启宝藏的方法！

她扑到巨石的下面，扒开泥土，果然看到巨石和石板的相接处有一层泥土。也许他们该把种子种在这里……是的，种子。打开宝藏的钥匙，就是小锚里封存的种子！也许只要他们把种子种在这层土里，种子就会发芽抽茎，顶开巨石！虽然这有些不可思议，但从可能性上来说，这是唯一可行的方法。现在就种吗？魏清伸手到怀里掏种子，忽然如被雷劈般僵住了。如果她开启了宝藏，她就必须得和铭泰别离，也必须作出抉择……魏清的心里忽然乱得翻江倒海，痛苦地捏紧了拳头。她该怎么办？难道要为了感情放弃唾手可得的财宝？然而即便她放弃了藏宝，她的感情会有好结果吗？

魏清求助般看了铭泰一眼——她多么希望能从铭泰那里看到方向，得到力量，却发现铭泰若有所思地看着天空，目光乍一看是虚浮的，其实却在熊熊燃烧。魏清用力地咬住了嘴唇，伤心地垂下眼帘——他现在想的，恐怕只有他的大业吧。

魏清悄悄地擦了擦眼角，又朝约翰看去——不知从何时开始，她有了这么一个习惯，就是在受到伤害后就会想到约翰。约翰正目不转睛地盯着她，其实他的目光从没有离开过她。他看到魏清看向他，先是感到有点儿诧异，仔细看了看她的表情，忽然恍然大悟般地扬起眉毛。

魏清被他的目光击中了，剧烈地颤抖起来。难道他看出自己的心思了？他已经知道她发现了开启宝藏的方法，却在犹豫吗？他什么时候变得和她心心相印了呢？

魏清惊惶地看着他的眼睛。他的眼睛碧蓝透明，眸底闪着温暖的光，似乎在说……魏清忽然感到心底一阵抽搐，接着脑中便变得一片空白。他在鼓励她。他在说："不管你想做什么，就放手去做吧！不要顾及其他！”

魏清感到心头一阵沸热，接着便感到一阵轻松。这是怎样的轻松啊，她感到自己肩上的负担全都消逝了，甚至还升到了云端里……

魏清掰开小锚，拿出种子，埋在那层土里，又从周围的草叶上找了些露珠，浇进泥土里，然后便屏声静气地等待着。奇迹出现了。种子刚种下去不到一刻钟便发芽抽茎，慢慢地把石头举了起来。这种植物的茎竟然像人的手臂一样粗大！更不可思议的事情发生了，植物的茎渐渐变粗，渐渐分叉，随后变得像只绿色的大手，高高地把石头举了起来！石头下面是一个二丈见方的石门，莹莹的宝光像星光一样从里面透了出来。大家呆呆地看着这一自然奇迹，半天才想起来大声欢呼。

“兄弟们！冲进去吧！”魏清朝石门里一指。大家欢呼着冲了进去，立即被里面的宝光耀花了眼。里面的金银财宝小山般堆积着，几艘大船都运不完！船员们扑到珠宝堆上，欢呼着打起滚。约翰只是捡起几件珠宝看了看，之后便朝魏清看去。魏清正微笑着看着他，目光温婉而灼热。约翰心中一动，忽然明白过来，接着心中一片沸热，脑中忽然变得一片空白。铭泰微笑着走到珠宝堆旁，拿起一面黄金的镜子看了看，讶异地发现自己的笑容是多么的僵硬。为什么会这样呢？他如愿以偿地找到了宝藏，已经有了足够的军费，为什么心里会如此怅然若失……他看了魏清一眼，发现她正微笑

着看着约翰，心里忽然变得一团混乱。

因为找到了宝藏，大家忽然变得很有干劲，到海中去打了几条大鱼，烤熟后美美地饱餐了一顿，就等着运宝藏返航了。然而宝藏这么多，用一艘船是运不了的。魏清命几个人火速带上金银去岛国买船，并叮嘱他们千万不要说他们找到了宝藏。这些人依言去了，很快就赶了回来。魏清指挥着大家把珠宝运到船上，一连运了几天。在这期间铭泰偷偷地观察过她几次，发现她一直是一脸的平安喜乐，不像有什么烦恼，心头顿时感到一阵疼痛：她这是在伪装吗？还是已经……作出了决定?

大家很快就把珠宝运到了船上，每艘船都吃水很深。大家又打了几条鲨鱼，晒干了作为干粮，准备返航了。然而魏清却不打算就这样离开，事情有些奇怪啊，他们一共拿到了五个钥匙，却只用到了四个，那个金属制成的钥匙完全没有用到。相信海盗王是不会犯这样的错误的。难道藏宝藏的山洞里还有玄机？魏清又回到了山洞里，在里面仔细地搜寻。大家都怀疑这个山洞里还有宝藏，全部跟了进来。

魏清在山洞里一圈一圈地转，忽然踩到了一个凸出的石块。魏清仔细看了看石块，发现它似乎被特意打磨过，略有所悟，用力地在上面踩了起来。一开始那石块没有反应，在魏清踩到第三下的时候，石头轰然塌陷，一个石碑露了出来，上面刻着几行字，还有一个钥匙孔。魏清把眼睛凑近石碑，把上面的字大声地念了出来：“聪慧而又勇敢的人啊，恭喜你们找到了宝藏。如果你们不很贪心，就请适可而止吧。如果你把钥匙插进钥匙孔，你们将会遇到灭顶之灾。”

魏清看了看钥匙，淡然地笑了笑：“我们已经得到了这么多的宝藏，已经心满意足了。”说着把钥匙扔在石碑旁。

“大当家，使不得啊！”公孙复忽然冒了出来，扑到地上拿起那把钥匙，“海盗王恐吓我们，说不定是反语！如果我们把钥匙插进石碑，说不定能得到更多的宝藏！”他的眼睛里布满血丝，大口地喘息着。

“我倒觉得海盗王说的是实话。”魏清不以为然地答道，带着大家朝外面走去。公孙复呆在原地，眼睛咕噜噜地转了几圈，忽然拿起钥匙插进石碑。

魏清他们刚走出石洞，忽然听到后面一声巨响，回头一看，赫然发现石洞已经坍塌了。公孙复被活埋在里面，当场死亡。魏清一惊，对海盗王又增添了几分敬畏。原来那把钥匙，是海盗王留给他们最后的考验！真正的英雄，是不应该贪得无厌的，更不应该被贪欲蒙住眼睛。如果他们不是这样的英雄，海盗王就会让他们葬身在石洞里。

魏清他们带着宝藏回到了魏家的堡垒。如他们所料，在他们离开期间，沿海一直平安无事。魏清按照约定，分给铭泰一部分财宝，微笑着跟他说：“看来我们要分别了。”

铭泰一惊，脸色猛然涨得发紫，接着又变得苍白，惨笑着说：“是啊，祝你……”愣了半天也没想起该祝魏清什么，闷闷地转头离去。他一步一步地踱着，走得很慢。他从没有感到脚步这么沉重过。他觉得，自己的心已经被钉在身后的一个地方，每走一步，都是在撕扯着自己的心肝。

铭泰忽然转过身来，快步走到魏清面前，激动得想要说什么。魏清凝视着他，感到全身的血都沸热起来。然而铭泰最终只是勉强地笑了笑：“也许……我还会回来的。”

魏清全身的血都冷却了下来，凄然一笑：“但我恐怕不会等你了。”说着朝约翰看了一眼，眼中充满幸福。约翰在一旁站着，看到魏清的目光后非常激动，却并不意外。

铭泰的脸猛地变成了死灰色，隔了半天才凄然地笑道：“那我就祝你幸福了！”说着大步离去。魏清目送着铭泰驾船离去，目光有些凄然，但更多的是释然。约翰走到她身边，牵起她的手，轻轻地问——他的语气很温柔，声音却止不住地颤抖：“你……什么时候决定选择我的？”

魏清微微一笑，微红的脸颊就像飞霞一样美丽：“也许在我刚见到你的时候，就选择你了……只是我一直都不知道……”

约翰一怔，撇了撇嘴说：“你在撒谎吧！”

“你说呢？”魏清发出一串银铃般的笑声。

“我说你绝对是在撒谎！”约翰也笑了起来。

在他们的笑声中，一对海鸟并排着从他们头顶飞过，你唱我和，恩爱无限。

——全文终——